방독면

조인호 시집

명동극장

문화동세시인성 005 조일호

시인의 말

눈을 감으면 불 꺼진 중환자실 한켠 내 어깨에 머리를 기댄 채 조용히 눈을 감은 그가 보인다. 그 어둠 속에서, 나는 다만 고개를 떨구고 그가 숨을 멈출 때까지 그를 기다렸다. 그 기다림이, 그 어둠이, 나는 무서웠다. 그러나 이제는 알아야 한다. 내가 그를 기다린 것이 아니라, 그가 나를 기다렸다는 것을. 그 기다림이, 그 어둠이, 나를 지금껏 살려내고 있는 것임을. 이 참혹하고 그 어떤 동정심도 없는 세상 속에서 더이상 시인이란 나에게 없었다. 그러므로 세상에 시란 존재하지 않는 어떤 불가능이다. 내가 존재하지 않는 시를 쓰는 것은 오직 강해지기 위해서였다. 그 기다림을, 그 어둠을, 나는 차마 용서할 수 없었다.

이 첫 시집을, 그에게 바친다.

2011년, 제국에서 한 철을 보내며
조인호

차례

003   시인의 말

1부 북방한계선(北方限界線)

010   철가면

012   뉴 키즈 온 더 블록

015   스스로 재래식무기(在來式武器)가 된 사나이 ─ 불발탄의 뇌(腦)관은 '빵과 우유'를 생각한다

018   형상기억합금(形狀記憶合金)

020   무지갯빛 광석rainbow stone

023   설국열차(雪國列車)

026   우라늄의 시(詩)

029   괴뢰희(傀儡戲)

032   Sun Kills the Moon ─ 태양의 흑점

034   백 년 후 ─ 생각하는 빵

036   다이너마이트의 미학 ─ 우스꽝스러운 춤 1

038   흑백의 왈츠 ─ 염색공장의 가축들

040   수(囚) ─ 거미의 중력

042   존재의 세 가지 거짓군(群)

2부 제국에서 보낸 한 철(鐵)

064   불가사리

066   불가사리 二 ― 1945년 팔월의 빨간 버튼

069   불가사리 三 ― 제국에서 보낸 한 철(鐵)

3부 악(惡)의 축

094   옴의 법칙 ― 존재의 세 가지 변검술(術)

096   피랍(被拉)

097   리틀보이의 여름방학 ― 21세기 소년에서 20세기 소년에게로

100   알라딘과 코카콜라의 요정

102   유령담배주식회사〔幽靈煙草株式會社〕

104   사물의 편

106   마구(魔球) ― UFO

108   엉클 샘의 고백 ― I WANT YOU

110   야훼 יהוה

112   악(惡)의 축 ― 옴의 법칙

114   알파와 오메가 — 죄와 벌

115   오메가의 최후

117   최후의 인간(**The Omega Man**) — 변의수 시인에게

120   암스트롱의 지포라이터

121   세계화장실협회(世界化粧室協會) — 검은 테이프 속의 목소리

122   내 친구의 부대는 어디인가

123   최종병기시인훈련소(最終兵器詩人訓鍊所)

4부 총(銃)과 장미

132   축구

133   나의 투쟁 — 컨베이어벨트

135   나와 나의 양(羊)

136   히말라야 용 — Puff the magic dragon

138   도너츠의 하루

140   고등어 나르시시즘

141   아프로 맨

142   장미의 요일

144   러시안식 사랑 — 우스꽝스러운 춤 2

146   카프카의 작은 술집

148   해파리 속에서

150   추(錘) — 거미의 저녁

153   시월의 밤, 세계불꽃축제

156   달 아래 번지점프

159   위험한 물

162   멜팅 포인트

165   빙하기때려부수기 — 氷,河,期

168   그러나, 사랑하는 모든 것들아 하늘에서 죽으렴 — 달과 6펜스

175   레드카펫 — 부조리극(不條理劇)

176   체리와 하고 싶었습니다 — 덫

179   **해설|** 신동옥(시인)
        우주 빨치산 조인호 원정기

일러두기

본문의 한자 및 영문 표기 방식, 맞춤법 및 띄어쓰기는 저자의 표현의도에 따라 시편마다 그 표기법을 달리 했음을 알려드립니다.

1부

북방한계선(北方限界線)

철가면

철과 장미의 문명 속에서 그는 용접공으로 일했다 철가면을 쓰면 산소용접기 밖으로 장미처럼 피어오르는 불꽃이 보였다 그는 철과 장미를 사랑했다 불이 붙는 독한 술을 즐겨 마셨고 쇠못을 씹어 먹는 철인이었다 중금속에 중독된 그의 눈은 세상이 온통 붉은색 셀로판지처럼 보이게 만들었다 용접 불꽃이 그의 눈을 멀게 만들수록 세상에 없는 단 하나의 붉은색을 지닌 철의 장미를 그는 볼 수 있었다 그의 피는 붉은 철로 철철 넘쳐흘렀고 그는 조금씩 녹슬어갔다

그의 철근콘크리트 지하방은 습하고 어두운 철가면 같았다 철가면은 심해 속으로 가라앉는 자물쇠처럼 무거웠다 강철 수면(水面) 위로 드러난 그의 얼굴은 점점 철가면을 닮아갔다 그는 눈을 뜰 때마다 철가면을 쓴 채 욕조 안에 몸을 담근 자신을 발견하곤 했다 파이프들이 붉은 녹을 떨어뜨리며 삐걱거렸다 욕조 속의 물이 용광로처럼 부글부글 끓었다 그의 알몸은 장미 잎 같은 붉은 화상 자국투성이었다

그는 일생 동안 불꽃만을 바라본 몽상가에 가까웠다 그는 용접 불꽃 속에서 살아 있는 구멍들을 보았다 오, 입 벌린 구멍들 모음들 비명들이 불타오르는 지옥을 보았다 그 구멍 저편에선 아름다운 붉은 장미의 정원이 펼쳐져 있었다 그의 두 눈엔 콘센트 구멍 같은 어둠이 고여갔다

그는 철가면을 쓴 채 홍등이 켜진 도살장 골목을 붉은 쇳물처럼 흘러다녔다 도살장 골목 어둠 저편 번쩍거리는 칼날들이 뱀의 혀 같은 용접 불꽃처럼 씩씩거렸다 붉은 장화를 신은 인부들이 소 머리가 가득 쌓인 수레를 끌고 다녔다 도살장 담벼락엔 덩굴장미가 대퇴부 핏줄처럼 번지고 있었다 담벼락 너머 높다란 송전탑에서 철근들이 금속성의 동물 울음소리를 내며 뒤틀렸다 도살장 시멘트 바닥 물웅덩이 위로 뜨거운 김이 피어올랐고 고압전류 같은 쩌릿쩌릿한 비가 내렸다

그는 송전탑 꼭대기 위로 덩굴장미처럼 기어오르기 시작했다 번쩍, 가시철조망 같은 번개가 송전탑에 내리꽂혔다 고압전류 속에서 그는 자신의 철가면과 함께 흐물거리며 녹아들었다 철가면이 송전탑의 철근 속으로 들러붙고 있었다 송전탑 밑 지상의 사람들이 붉은 뼈를 드러낸 채 해골처럼 웃고 있었다 번개가 번쩍거릴 때마다

　　송전탑은 거대한 한 송이 붉은 장미로 피어났다

뉴 키즈 온 더 블록

형태는 기능을 따른다

－설리번, 『초고층 빌딩에 대한 예술적 고찰』 중에서

1

오늘 소년의 45구경 매그넘이 죽었다 그는 방아쇠에 걸린 손가락처럼 허공에 가느다란 목을 걸었다 그는 알코올중독자 노인이었고 베트남전(戰) 참전용사였다 그의 사타구니 사이 몰락한 이데올로기처럼 축 처진 45구경 매그넘 아래

한 소년이
탄피처럼, 쪼그려 앉아 뜨겁게 울고 있을 때
차르르, 탄창이 돌아가듯
회전하는 얼굴들 탄알들 공포들

2

재개발 지역 옥탑방에서
전기가 끊긴 방구석에서
납처럼 무거운 어둠 속에서

소년은 녹슨 면도날로 머리카락을 밀었고

소년의 입은 빨간 마스크로 침묵했고
소년의 한 손에 쇠파이프가 들려지던 순간
소년은 변형됐다

시나브로, 소년은 생존했다
척후병처럼 적에게 발각되지 않았다
옥탑 난간 위 붉은눈비둘기를 사냥했고
물탱크 속에 기어들어가,
여러 날을 그 속에 잠입했다
옥탑 위, 상공에서
거대한 타워크레인 골리앗이
지상을 감시하고 있었다
그 강철의 거신병기(巨神兵器)가
블록들을 끌어올리던
상승하는 노동의 나날 속

3
죽은 자들이 온다
소년의 인계철선을 무너뜨리며 참전용사들이 온다
소년은 단독자로서 죽은 자들 앞에 우뚝 선다
타워크레인처럼 쇠파이프를 머리 위로 번쩍, 끌어올리며

소년은 기능(機能)하기 시작한다
쇠파이프로 방패 위를 내리찍을 때마다
소년의 머리 위로
회전식 탄창 같은 궤적이 돌아간다
지하 터널 속 인부의 곡괭이처럼
관자놀이 때리는 소리 들린다
매 초 매 순간
소년은 단 한 발의 실탄처럼
실존했으므로,

4

타워크레인 꼭대기 위 한 소년(少年)이 서 있다

소년은 원숭이 두개골을 닮은 스킨헤드다 빨간 마스크를 쓴 채 한 손에는 차갑고 무거운 쇠파이프를 들었다 서울특별시는 체스판
처럼 흑백의 분노로 불타올랐다 화르르 화염에 휩싸인 프로판가스통이 굴러다니는 거리 속

45구경 매그넘의 방아쇠 같은
크레인 갈고리가
소년들을 하나둘 지상으로부터,
번쩍번쩍 들어올리고 있었다

스스로 재래식무기(在來式武器)가 된 사나이
— 불발탄의 뇌(腦)관은 '빵과 우유'를 생각한다

1

스킨헤드 소년이 빨간 마스크를 쓴 채 N서울타워 꼭대기 위에 서 있다

철탑 밑으로 케이블카가 멈춰 있다 지상에서, 불발탄을 어깨에 짊어진 사나이가 우뚝 선 철근콘크리트 구조물을 향하여 육탄돌격
한다

해발 479.7m
철탑 101m
탑신 135.7m

거대한 구름기둥과 불기둥 속,
스킨헤드 소년은 탑이 움직이는
두렵고 경건한 음성을 들었다

그 탑이
대륙간탄도미사일처럼 상승하는 것인지
우르르 땅속으로 무너져내리는 것인지
알 수 없었다

그 탑이 사라진 후
원숭이 두개골을 닮은 스킨헤드 소년은
지상(地上)에 고아처럼 버려졌다

   2
11번가 철근콘크리트 공사장,

그때 인부들이 불발탄을 발견한 것은 한낮의 무더운 폭염(暴炎) 속이었다 포클레인이 붉게 녹슨 그것을, 땅속에서 서서히 퍼올렸을 때

붉게 탄 석탄 같은 광대뼈와
횡단철도 같은 쇄골을 가진
한 사나이의 어깨 위,

묵직한 해머처럼 얹혀 있던 불발탄이여

한낮의 태양 아래
붉게 녹슨 그것이, 한 사나이의 어깨 위에서 역사하고 있었다

   3
보아라, 불발탄을 어깨에 짊어진 채 북(北)으로 행군하는 한 사나이가 있다

그는 스스로 재래식무기가 된 사나이다
그는 철과 화약을 먹고 회귀하는 사나이다
그는 외부의 충격에 분노하는 사나이다

그가 군사분계선(軍事分界線)을 넘어서자,

그곳엔 콘크리트의 대지가 무한궤도처럼 영원히 펼쳐져 있었고

밤하늘의 별빛은 가시철조망처럼 숭고했다

비로소
빵과 우유가 그려진 정물화처럼
사나이는 노동을 멈췄고,

지평선 끝에서 원시의 두개골처럼 새벽이 밝아올 때

사나이는
불발탄의 뇌관을
해머로 내리쳤다

형상기억합금(形狀記憶合金)

1

　　서울 메트로 지하공구 속에서 누군가 모닥불을 피운다 그는 동굴 속 원인(原人) 같다 터널 시멘트 벽에는 원인의 손모양이 아우성치듯 찍혀 있다 오래전 공장에서 볼트와 너트를 조이던 그가 해고되던 날 그는 손에 쥔 몽키스패너를 뉴턴의 사과처럼 툭, 떨어뜨렸다 그날 그는 태곳적 원인을 발견했다 시간의 컨베이어벨트가 거꾸로 가동되기 시작했고 그는 퇴화해버렸다

　　캄캄한 터널 속으로 원인은 걸어들어갔다 지하철역에서 그가 찾은 것은 소방방재용 국민방독면이었다 터널 끝 어둠 속에는 조용히 그를 기다리는 것이 있었다 맥박처럼 다가오는 원인의 발소리를 온몸으로 흐느끼고 있는 것, 그것은 그가 싸워야 할 괴물 같은 형상들 기억들 합금들

　　방독면을 쓴 채
　　터널 끝 형상기억합금과 조우하던 순간
　　거대한 기계 앞에
　　원인은 알몸으로 우뚝 서 있었다

　　기계가 달려들 때마다 그는 도구를 휘둘렀다 기계의 비명이 스파크처럼 파지직 튕겨나갔다 어둠 속 불꽃 속에서 생명이 생산되고 있었다 정체불명의 기계와 싸울수록 마른 뼈 같던 육체는 몽키스패너의 턱관절처럼 강력하게 발달해갔다 도구를 내리치는 노동 속에서 정신은 아킬레스건까지 떨렸다 혁명가처럼 피땀으로 점철된 육체는 실천했다 매일 밤 계속된 기계와의 싸움 속에서 그는 움켜쥔 손에서 도구를 놓지 않았으므로

보라, 벼락처럼 떨어지던
몽키스패너의 궤적 속
고통 받으며 절규하는 기계들을,
마지막 기계가 쓰러져 죽던 밤
원인은 마침내 불을 발견했다

    2
    그가 터널 밖으로 걸어나왔을 때 기계의 무덤이 붉은 철의 산을 이루고 있었다 붉은 철의 산 위로 거대한 자석 구(球) 하나가 달처럼 떠 있었다 기계들이 공중으로 하나둘 빨려 들어갔다 스르르 기계로부터 이탈된 볼트와 너트가 모빌처럼 둥둥 떠다녔다 서서히 동쪽 저편 하늘 끝에서

    붉게 녹슨 몽키스패너가, 이글거리기 시작했다

무지갯빛 광석

rainbow stone

오늘 밤 누군가는 오함마를 닮은 어느 영혼에
대하여 상상해야 한다
오함마를 들어올리는 상상력으로 맨홀 뚜껑을
들어올린 한 사나이에 대해서
그 어깨 위에 얹힌 오함마에 대해서 오늘 밤
누군가는 상상력으로
그 노동을 상상해야 한다

*

　그가 맨홀 속에서 몇 해를 살았는지 알 수 없다 그가 지하배관 속에서 붉은눈쥐를 잡아먹으며 생존했는지 방진마스크를 썼는지 축축한 양서류 같은 우비를 걸쳤는지 오함마를 어깨에 짊어졌는지 알 수 없다 낮은 포복으로 좁은 파이프 속을 통과하는 지하인에 대해서 국회의사당의 속기사가 어떤 기록을 남겼는지 알 수 없다

*

　백색증(白色症)에 걸린 사나이가 온몸에 붉은 페인트를 끼얹었고 맨홀 속으로 투신했는지 알 수 없다 오함마를 짊어진 그가 어느 파이프 속에 꾸역꾸역 처박힌 돼지 한 마리를 발견했는지 알 수 없다 그 순간 돼지에겐 오함마가 필요하고 그의 손엔 오함마가 들려 있었을 뿐

　붉은 정수리 위로

오, 침묵 같은 오함마
한 대 내리친 후
오함마를 어깨에 짊어진 채
그는 돼지로부터 떠난다

*

시장 좌판 뾰족한 생선 머리가 어느 쪽을 향해 누웠는지 알 수 없다 어느 파이프 속에서 삐라 한 장 해파리처럼 휘적휘적 떠내려왔는지 알 수 없다 어느 파이프 끝에서 그가 밀봉된 콘크리트 벽과 맞닥뜨렸는지 알 수 없다 그 순간 오함마를 투석기처럼 휘두르던 그를 상상할수록

강력하게 벽화가 그려진다
습기 찬 콘크리트 밖으로
쩍쩍 갈라져나오던 금
그 수천의 나뭇가지 사이로
무지갯빛 광석이
그 천연의 빗살을 드러낸다

*

이윽고 달이 지구의 그림자를 벗어났는지 알 수 없다 콘크리트 벽이 뚫리자 그가 땅굴을 파고 비무장지대를 통과했는지 알 수 없다 붉은 흙벽을 타고 그가 지상으로 기어올라갔는지 알 수 없다 우라늄 같은 그의 눈동자가 어떤 풍경에 노출됐는지 알 수 없다 지평선 멀리 떨어지던 붉고 거대한 오함마여,

오, 오함마를 생각하는 밤
지하실 식탁에 홀로 앉아
누군가 녹슨 통조림 뚜껑을 따고 있다
전구알이 깜빡거린다

*

유리구 안에는 하늘도 땅도 언덕도 벽도 집도 없었다

설국열차(雪國列車)

이윽고 달이 지구의 그림자를 벗어난다
콘크리트 벽이 뚫리자 그가 땅굴을 파고
비무장지대를 통과한다 붉은 흙벽을 타고
그가 지상으로 기어오른다 우라늄 같은
그의 눈동자가 어떤 풍경에 노출된다
지평선 멀리 떨어지던 붉고 거대한
오함마여,

1

불가사의한 눈이 내리고 있었다.

드넓게 펼쳐진 설원(雪原)의 끝.

붉고 거대한 오함마가, 지상으로 침몰하고 있었다.

사나이는 국경의 끝에서 눈 더미 위에 엎드린 채 소리굽쇠처럼 떨고 있었다. 국경의 밤 속으로, 사나이는 흐느끼며 캄캄히 담금질 돼갔다.

철의 사나이가,

대지 위에 누워 구소련(舊蘇聯)처럼 지워지고 있었다.

묵직한 해머처럼
침묵한 채

밤의 새하얀 밑바닥으로
파묻혀갈 때

보아라, 사나이는 의식의 흐름 끝에서 붉게 녹슨 거대한 보일러를 만난다.

그 순간,
사나이의 의식의 흐름이 증기처럼 뜨거워지고
사나이가 강력한 기관처럼 가동되기 시작할 때

사나이는 붉게 녹슨 거대한 철의 바퀴를 굴린다.
*
눈보라 속…… 증기기관차처럼 국경을 달리는 사나이여,
*
대륙횡단철도처럼 의식의 흐름 끝에는 국경이 없으므로
*
그 노동을 상상하는 철의 상상력으로……

*

한 인간을 상상하는 철의 견인력으로……

*

나는 이 불가사의한 땅 끝까지 덜컹덜컹 끌려왔으므로

　　2

국경의 긴 터널을 빠져나오자, 눈의 고장이었다. 밤의 밑바닥이 하애졌다. 신호소에 기차가 멈춰 섰다.[1]

기관실 밖으로

검붉은 삽을 어깨에 짊어진 채

방독면을 쓴

한 사나이가 걸어나온다.

붉게 탄 석탄 같은 광대뼈와 횡단철도 같은 쇄골을 가진 화부(火夫)여,

국경의 밤.

내가 대지 위에 무한의 철도를 철커덩 철커덩 놓듯

그 고독한 노동을 상상할수록,

그 사나이의 운동에너지는 위험하다.

1) 1935~1948年, 소설 『설국(雪國)』.

우라늄의 시(詩)

*

광석의 날, 그리하여 나는 최후의 한 소년을 채굴했다.

가령,
내가 메카의 검은 돌을 향해 절하는 무슬림처럼 세상 가장 낮은 자세로 울고 있을 때
혹은
내가 세상 가장 낮은 곳에 파묻힌 어느 광석처럼 뜨겁게 웅크린 채 벌벌 떨고 있을 때

우라늄, 그것은 내게로 온다.

그 숭고한 돌은 최후의 한 소년을 세계 밖으로 노출시킨다.
내가 그 소년을 위하여, 최후의 곡괭이를 들어올릴 때

광석의 날이 밝아왔다.

최후의 곡괭이 날 끝
고드름처럼 매달린 채

번쩍이던 빛이여

눈부시다,
그리하여 빛이 소리보다 빠르다는 사실이, 이 시의 핵(核)이다.

                                        *

태양이 달을 살해하던 날

최후의 소년은 검은 재(災)로 변한 아버지를 등에 업고 북으로 떠난다. 멀리서 보면 그 소년은 태양의 흑점처럼 이동한다.

고독한 흑점 하나가
극(極)에 도달할수록

우라늄, 그 숭고한 돌이 눈을 뜨기 시작한다. 최후의 소년이 백야(白夜)의 땅 한가운데에서 발견한 것은 작은 돌멩이 하나였으므로

이제, 돌을 심판할 때이리라!

들어라, 그 눈먼 돌은 죄가 없다. 그 돌은 가난한 자의 주먹처럼 천연하다. 그 돌을 20세기의 호주머니 속에서 채굴한 힘은 누구인가.

*

알 수 없다.

그리하여, 나는 아침의 식탁 앞에 앉아 있었다.

뜨거운 아침의 수프와
그 옆에 놓인 은색 스푼 위,
반짝이던 빛을
퍼먹을 때

우우우…… 벌어지던 나의 아침의 입이여,

언제나 빛은 소리보다 먼저 내게 온 것이었다.

그날 아침 최후의 모음(母音)처럼.

괴뢰희(傀儡戱)

너희들은 어렸을 때부터
영웅들의 가면을 쓰고 놀았고
나만 홀로,
이상한 방독면을 쓰고 있었지

방독면을 뒤집어쓴 채 잠에서 깼네

뭉게뭉게 사람들을 잡아먹는 연기들 꿈속에서 본 사람들 얼굴이 군화 같은 검은 연기 뭉치에 밟혀 뭉개지고 있었네 불은 붉은 튤립 꽃다발처럼 잔인한 총천연색이었네

바닥을 기던 꼬리 달린 연기가 뱀인 양
발목을 물고 달아났네
색(色)을 빨린 사람들은 흑백의 재로 변한 채
스스스 주저앉아버렸네
바람에 풀풀풀 날렸네

나는 방독면 안에서 풀무질하듯 거친 숨을 쉬었네 불은 활활활 사나워졌네 꿈 밖으로 뛰쳐나오기 위해 사람들이 눈꺼풀의 닫힌 문을 탕탕탕 두드리며 울부짖고 있을 사이

훼훼훼 나만 홀로 자물쇠 같은 방독면 안에서 안전했네
방독면에 철컥, 잠긴 얼굴은 그 누구도 알아챌 수 없었네
그 어둠 안에서 벽으로 드나드는 남자 같은
공기를 나만 홀로 들이마셨네

"꿈속에 갇힌 사람들아, 너희들은 어렸을 때부터 영웅들의 가면을 쓰고 놀았고 나만 홀로 이상한 방독면을 쓰고 있었지 학교가 끝나면 실내화 주머니 대신 방독면 주머니를 질질질 끌며 집으로 돌아왔지 딱지를 모으기보단 뜨거운 탄피를 모았지 나는 후춧가루보다 매운 눈물을 흘리지 않았지"

나는 울지 않는 무서운 아이,
너희들이 붉게 충혈된 안구를 굴리며 앵앵앵 경보음을 울려댈 때
나는 수면모자 대신 방독면을 뒤집어쓴 채 잠들었지

"흑백텔레비전마냥 문명 밖으로 사라지기 싫었어 보건의 날 너희가 운동장에 한데 모인 불량식품처럼 꿈속으로 타들어갈 때도 나는 방독면 안에서 고개를 쳐들고 검은 달의 그림자 인형극을 보았어 때마침 달 기지공장에선 백만번째 방독면을 생산하고 있었어"

방독면 안, 그곳은 쥐색으로 물든
또다른 우주
방과 후 아무도 없는 나의 골방
혹은 거름종이처럼
너희들의 얼굴이 깨끗이 걸러지는 곳

"방독면을 뒤집어쓴 채 밤거리를 헤매는 몽유의 세계야, 나는 매일 밤 꿈속의 너희들로부터 끝없이 달아났고 내 앞엔 환한 비상구가 뚫려 있었고 언제나 나는 뛰던 자세 그대로 막 문을 통과하던 참이었네"

Sun Kills the Moon

― 태양의 흑점

*

우리가 소년이었을 때 달은 언제나 흑백이었다

불 꺼진 빈방에서 가지고 놀던 쇠구슬들을,

입속에 넣고 우적거리며

우리는 흑백 같은 달의 고독한 시간을 견디어냈고

불현듯 달의 몰락을 응시하던 한 소년을 기억해야 했다

밤하늘을 그으며 타오르는 유성(流星)을

소년이 손목을 그은 채 올려다보던 그 달을

그 소년은,

불을 끄고 바닥에 눕는다 소년은 어둠 같은 팔을 뻗으며 어깨를 들썩거리지 밤의 커튼 뒤에서 소년은 바람처럼 뒤틀렸다 목이 돌

아가고 팔이 꺾이고 허리가 접혔지

촛불을 켜지 마, 네 눈 속엔 심지처럼 검은 게, 새 같은 게
뾰족한 검은 부리를 품에 묻고 앉아 있네

소년은 춤춘다
어깻죽지 사이 날개가 다 뽑혀나갈 때까지 흑백 같은 달의 비명을 우글우글 다 토해낼 때까지 촛불처럼 흔들, 흔들리며 그림자가
울고 웃고 뛰고 주저앉고 벽 뒤로 조금씩 파고드는 그림자 앞에,

빨간 마스크를 쓴 한 소년이 서 있다

백 년 후

— 생각하는 빵

식탁엔 한 사람이 앉아 있다.

그는 생각하는 사람이며 그는 한 세기를 넘게 살아왔다.

백 년 전 거리의 안개 속에서 그는 우산과 함께 있었고 그때 모든 것이 희미해지기 시작했다. 안개 속에서 우산을 쓴 사람과 마차가 충돌하는 일은 벌어지지 않았다. 백 년 전 가스등 아래로 검은 석탄 비가 추적추적 내리던 날들은 지나갔다.

백 년 후 식탁엔 한 사람이 앉아 있다.

그는 백 년을 생각하는 사람이며 그는 한 세기를 넘게 생각했다.

백 년 동안 가스등 아래의 안개는 빵과 함께 숙성돼왔다. 그때 모든 빵은 희미해지기 시작했다. 어쩌면 그는 백 년 동안 빵 하나만을 생각해왔는지 모른다. 그 빵은 백 년 동안 생각 속에서 구워지고 있었다.

백 년 후 그를 생각하는 사람을 생각하는 사람은 모두 다 사라지고
백 년 후 노동은 더이상 곡괭이의 형상이 아니었음에도 불구하고

백 년 동안 그는 곡괭이를 든 채 생각을 파왔다. 백 년 동안 식탁 위엔 그의 빵은 없었다. 백 년 동안 그는 식탁에 앉아 생각하기를

멈추지 않았다. 백 년 동안 그의 그림자는 벽 속에서 곡괭이를 휘둘렀다.

백 년 전 백 년 후 백 년 동안

우리들의 숭고한 곡괭이가 생각 속에서 녹슬고 있었다.

다이너마이트의 미학
— 우스꽝스러운 춤 1

오늘 밤 나의 식탁 위에,
불붙은 다이너마이트의 심지처럼 한 소년을 검게 세워둔다

소년아, 너를 만지면 곧
캄캄한 사막의 밤이 온다
내가 모르는 어둠 저쪽에서 폭음이 울린다 불꽃은,
너의 팔다리를 하나씩 붙잡고 쾅쾅 어디로 튀었나
나는 두 귀를 막고 입을 벌린다
식탁 위에 쌓인 잿가루를 더듬거리며
추락한 불꽃을 집어 먹는다
소년아, 폭사한 너의 몸, 모래알처럼 까칠한
이 불꽃을 나는 씹어 먹는다
뜨거운 혓바늘로 돋아나는 너의 비명을
목구멍 너머 삼켜버린다
나는 불꽃을 우물거리다, 후후 입 밖으로 하얀 연기를 뱉는다
몸 없는 소년아, 너의 우스꽝스런 춤만이 허공에서
뭉게뭉게 흩어진다
다이너마이트를 관통하는 심지(心地)의 끝

나의 기름방울 같은 검은 눈동자 속에서
번쩍, 타오르던 저 소년의 불꽃!

보라, 오늘 밤 나의 식탁 위에
불꽃 한 마리, 불붙은 꼬리를 세운 사막여우가 달려온다

흑백의 왈츠
— 염색공장의 가축들

염색공장 불 지핀 드럼통 속에서 색이 끓고 있네. 소와 양가죽이 소용돌이를 내뱉네. 염색물이 콸콸콸 어두운 구멍 속으로 빨려들어갔네. 공중에서 외줄 타는 광대처럼 가죽들이 울긋불긋 흔들렸네. 드럼통 밑으로 뜨거운 잿물이 흘러다녔어. 아지랑이가 덩굴식물처럼 이글이글 대기 속으로 기어올랐지.

막대로 드럼통을 휘젓는 그는 색에 길들여진 가축 같았네. 그의 손끝에서 가축의 마지막 울음처럼 지문들이 사라져갔네. 드럼통에서 피어오르는 유독가스가 비누 같은 눈동자를 착취해갔지. 도살장으로 가축을 끌고 가듯,

그의 눈 속에서 색을 끌고 나갔지. 마스크를 벗으면 재에 덮인 흑백 세상이 펼쳐졌네. 식물들이 연기처럼 자랐네. 드럼통 같은 그의 지하방이 있었네. 가축 같은 흑백텔레비전 한 대 놓여 있었네. 밤이 오면 그는 가축의 흑빵 같은 젖 아래로 기어들어가 잠들었지.

불타는 재의 나날이 계속됐네. 담벼락 그늘 밑에서 그는 노파의 머리카락을 잘라주었네. 가위질 소리가 공중에서 이글거렸네. 무지개는 올가미처럼 염색공장의 굴뚝을 옭죄고 있었네. 그의 방에 파리가 들끓기 시작했지. 흑백 모자이크 같은 파리 떼 밑, 바짝 엎드린 가축이 색을 바닥에 질질질 흘려보내고 있었어. 그날 밤. 그는 흑백텔레비전을 끌고 외떨어진 숲으로 갔네. 흑백텔레비전은 피를 흘리는 짐승처럼 숲을 어지럽혔어.

숲속에서, 그는 흑백텔레비전을 불태웠네. 화르르 전원 켜진 브라운관 속은 흑백의 화장터 같았네. 가마 속 검은 재와 흰 뼈들이 흑백피아노를 연주했네. 그는 흑백브라운관 속으로 걸어들어가네. 흑백의 불속에서 그와 노파는 검은 재와 흰 뼈들의 스텝을 밟으며 아름다운 왈츠를 췄네. 드럼통 속 소와 양 가죽처럼. 불이 멈출 때까지 흑백이 될 때까지

총천연색의 세상으로부터 서서히 탈색돼갔네.

수(囚)

─ 거미의 중력

　　무중력의 지하방에서 소년은 갇혀 살았다 거미는 우주인처럼 문워크를 추며 한쪽 벽 구석을 걸어다녔다 소년은 거미를 따라 허공으로 기어올랐다 눈물 같은 투명한 그물망이 소년의 몸을 떠받치고 있었다 구석진 몸은 날마다 배고팠고 저녁의 어스름 같았다 구석은 뼈 없는 몸, 어느 직립한 뼈 하나가 터벅터벅 어두운 방을 걸어나갔다 소년은 구석에 웅크려 낮은 거미의 눈으로, 자기 몸을 빠져나간 직립한 뼈 하나를 가만히 바라보았다 그 뼈는 엄마, 라는 이름의 중력 또는 소년의 몸을 떠나간 또다른 다리; 그날 이후 무중력의 지하방에서 소년은 거미로 갇혀 살았다 소년이 뒤적거리던 공구함 속의 나사며 드라이버며 망치가 둥등 떠올랐다* 소년은 허공을 떠돌던 망치를 붙잡았다 망치를 휘두르자 지하방 높은 유리창에 거미줄 같은 금이 생겼다 거미의 몸을 뒤집어쓴 채 소년은 무중력의 지하방을 빠져나왔다 거미인간은 도시의 변두리를 떠돌아다녔고 고층건물의 유리닦이로 일했다 외줄에 매달린 거미인간의 삶은 유리처럼 고요했다 고층건물을 오르락내리락하며 유리를 닦았고 유리 저편은 소리 없는 세계였다 사람들의 입이 열렸다 닫힐 때마다 거미인간은 오래전 지하방 문이 열렸다 닫히는 순간 새들어오던 비명 같은, 빛줄기를 떠올렸다 유리 저편 소년을 떠났던 무수한 다리들이 거미인간의 눈앞에서 절지동물처럼 바글거렸다 순간 거미인간은 비명을 질렀다 유리에 쩍쩍 금이 가기 시작했다 거미인간과 불특정다수의 다리를 가로막고 서 있던 유리의 세계가 와장창, 부서졌다 소름이 돋듯 알을 까듯 거울 속에 갇혀 있던 비명들이 스멀스멀 기어나오기 시작했다 비명은 다리가 달린 것처럼 거미인간으로부터 달아났다 도시의 변두리 변두리의 골목 골목의 모퉁이에서 거미인간은 달아난 다리들을 하나둘 뒤쫓아다녔다 그럴 때마다 날카로운 유리 조각이 되어 부서지던 비명, 우주의 차가운 어둠만이 고여 있던 거미인간의 무중력 몸속에 낯선 중력이 스며들었다 중력은 땅거미가 지듯 거미의 형상으로 그를 끌어당겼다 손에 들린 망치가 비명 속으로 가라앉았다 엘리베이터 한쪽 벽 구석에 매달린 검은 물체 또 하나의 거미가 그 모든 것을 지켜보았다 흑백의 눈마다 거미인간은 포착되었다 거미는 흑백의 달 위를 걷고 있었다

* 소년이 지하 창문 밖을 곁눈질할 때마다

붉은 철의 산 위로
거대한 자석 구 하나가,
달처럼 떠 있었지

손바닥 위 올려놓은 작은 쇠못 하나가
공중 위로 서서히 떠오르는 이적(異跡)을,
그날 밤 소년은 무섭게도 저지르고 말았네

041

존재의 세 가지 거짓군(群)*

「첫번째 _ 소년군(少年群)」

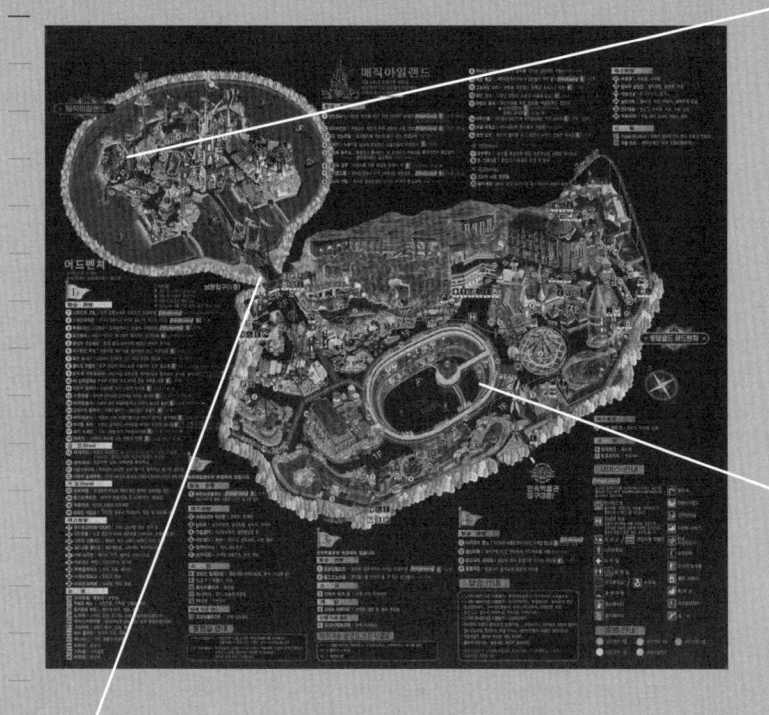

■ 매직 아일랜드의 누에고치들

그 소년족(族)들은 모두 헬멧을 쓰고 다니며, 톱과 망치를 허리춤에 주렁주렁 매달고 다닌다. 그 소년족들이 행진할 때면 톱과 망치 부딪치는 소리가 울려퍼진다. 그 소년족들의 생김새는 광대뼈가 과속방지턱처럼 툭, 도드라져 있고 작고 찢어진 눈에 코는 납작하다. 그 소년족들은 한 소년이 죽으면 스스로 자기 뺨을 칼로 상처 내서 피를 흘리며 곡을 하고 철천지원수를 절대 잊지 않는다. 그 소년족들은 젖니로 다른 소년족들의 하얀 목덜미를 물어뜯어 죽이기를 좋아한다.

■ 어드벤처의 누에고치들

이 소년족(族)들은 모두 빨간 마스크를 쓰고 다니며 한 손에는 차갑고 무거운 쇠파이프를, 호주머니 속에는 다목적 주머니칼을 항상 넣고 다닌다. 이 소년족들의 생김새는 얼굴은 창백하리만치 눈처럼 하얗고 눈썹과 머리카락은 모두 밀어서 스킨헤드다. 이 소년족들은 한 소년이 죽으면 화장한 후 유골을 추려내어 니스 칠을 한 다음 반짝거리는 뼈들을 화폐로 사용한다.

■ 국경지대

날카로운 쇳조각들을 바닥에 깔았고 전깃줄로 경계선을 그었으며, 발전기를 돌려 전기를 흘려보내고 있다.

1-1
이곳을,
우리들은 처음부터 잘 알고 있었다.
우리는 모두 어른들의 손을 잡고 걸어다녔다.
한 손에는 은빛 알루미늄 풍선을 들고 다녔다.
우리들의 머리 위에서 어른들은 우리를 내려다보며,
낮은 구름처럼 부드러운 웃음을 흘려주었다.

1-2
유리 돔 위로 하늘은 높고 푸르렀다.
유리 돔 안에 하얀 연기가 자욱했다.
퍼레이드 맨 앞에 섰던 금발 무희의 입이
순식간에 일그러졌고,
어른들의 손목은 죽은 새처럼
우리들의 어깨를 툭, 치며 바닥에 떨어졌다.
안개가 걷혔을 때
우리들만이 이곳에 서 있었다.
어른들은 모두 바닥에 누워 있었다.

* 아고타 크리스토프, 『존재의 세 가지 거짓말』을 변형함.

1-3

키가 큰 어른들은 모두 죽었다.

우리들은 어른들의 시체를 아이스링크에 한데 모아버렸다.

소년들은 어른들의 시체를 불태웠다.

우리들 중 아무도 눈물을 흘리지 않았다.

소녀들은 바닥에 귀를 대고 얼음 녹는 소리를 들었다.

1-4

우리들 중 여럿은 이곳을 떠났고

우리들 중 여럿은 그곳에 남았다.

패스트푸드점 안에 햄버거는 몇 년이 지나도,

썩지 않았다.

우리는 그것을 조금씩 아껴 먹었다.

이곳과 그곳을 연결하는 국경엔

날카로운 쇳조각들을 바닥에 깔았다.

전깃줄로 경계선을 만들었고

발전기를 돌려, 전기를 흘려보냈다.

1-5

공기가 차가워지면,

우리는 동물 마스코트 옷을 입고 다녔다.

양 머리, 소 머리, 염소 머리를 뒤집어쓴 채 걸어다녔다.

1-6
우리 중 하나가
고개를 쳐들고 눈부시다고 말했다.
그 순간
날카로운 유리 조각 하나가
우리 중 하나의
머리통에 그대로 꽂혔다.
유리 돔 일부분이 깨져나갔다.

1-7
밤이 오면,
유리 돔은 할로겐전구처럼 불을 밝힌다.

1-8
간혹,
먼 곳에서 그 불빛을 보고 소년, 소녀들이 찾아왔다.
우리는 그들에게 햄버거를 주고 끓인 우유를 주기도 했다.
그러나 심심할 때면,
우리는 그들을 회전목마 위에 밧줄로 꽁꽁 묶어놓고

며칠 동안 목마를 돌렸다.
죽을 때까지 회전을 멈추지 않았다.

1-9
녹슨 놀이기구 앞에는 종이 소녀이 서 있다.
우리는 그 종이 소녀보다 키가 자라면
이곳을 떠나거나
아니면,
자살을 하거나
둘 중 하나를 택해야 한다.

1-10
키가 자라버린
우리 중 하나가 이곳을 떠날 때면
우리는 야유했고 발을 걸어 넘어뜨렸고 돌을 던졌다.
키가 자라버린
우리 중 하나가 자살을 택하면
우리는 여러 가지 방법으로 그의 자살을 도왔다.

1-11
시체는 마찬가지로 아이스링크에 불태웠다.

이제 바닥엔 얼음은 없고 딱딱한 시멘트 위 검은 재뿐이었다.

1-12
우리 중 하나가
지하 환풍구 속에 유방이 나온 소녀를 숨겨주었다.
우리 중 하나는 매일 밤 그 환풍구 속으로 기어들어가,
소녀의 유방을 빨고 만지며 잠들었다.
소녀는 눈물을 흘리며 우리 중 하나의 머리를 밤새
쓰다듬어주었다.

1-13
소녀는 환풍구 안에서
날이 갈수록 뚱뚱하게 살이 쪘다.
소녀가 환풍구 안에서 꼼짝달싹 못할 지경이 되자,
소녀를 숨겨줬던 우리 중 하나가
소녀가 숨은 곳을
우리에게 귀띔해주었다.

1-14
우리는 소녀를 환풍구 밖으로 끌어냈다.
뚱뚱한 그 소녀는 바닥에 주저앉아 훌쩍훌쩍 울었다.

늘어진 더럽고 낡은 티셔츠 밖으로 물컹,
유방 한쪽이 삐져나왔다.

1-15
우리는 소녀를 국경까지 질질 끌고 갔다.
우리 중 여럿이
바닥에 누워 몸부림치는
소녀의 다리와 팔을 붙잡고
몇 번 흔들다가
전선 너머로 던져버렸다.

1-16
전선에 한쪽 발이 걸린 채
부들부들 몸을 떨고 있는 소녀를 향하여
톱과 망치 부딪치는 소리들이 몰려들었다.

1-17
이제 몇 번의 겨울과 여름이 지났는지 우리는 알지 못한다.

1-18
모든 놀이기구는 녹이 슬어 더이상 움직일 수 없었다.

1-19

밤이 와도,

유리 돔은 불을 밝히지 않았다.

더이상 먼 곳에서 찾아오는 소년, 소녀들은 없었다.

1-20

지하의 발전기도 멈췄다. 국경의 전선에 더이상 전기가 흐르지 않았다.

1-21

그러나

이곳도 저곳에서도 우리는 서로의 전선을 넘나들지 않았다.

1-22

우리는 움직일 기력도 없었다. 오래전부터 굶주렸고, 병들어 있었다.

1-23

우리는 서로의 어깨에 머리를 기댄 채 입을 벌리고 쪼그려 앉아 있을 뿐이었다.

1-24

어느 날 깨진 유리 돔 틈 사이로, 툭툭 빗줄들이 떨어졌다.

1-25

그들은 밧줄을 타고 우리 쪽을 향하여 스르르 내려왔다.

1-26

검은 복면을 쓰고 한쪽 어깨엔 소총을 메고 있었다.

1-27

그들은 우리보다, 키가 한참 컸다.

「두번째 _ 지뢰군(地雷群)」

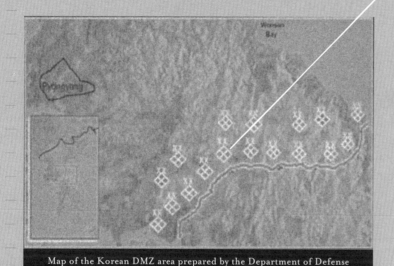

Map of the Korean DMZ area prepared by the Department of Defense

2-1 무국적 식사

「강력하게 벽화가 그려진다
습기 찬 콘크리트 밖으로
쩍쩍 갈라져나오던 금
그 수천의 나뭇가지 사이로
무지갯빛 광석이
그 천연의 빗살을 드러낸다」

　땅굴을 파고 비무장지대를 통과할 때 맞닥뜨렸던 지하벽을 사내는 때려 부쉈다. 콘크리트 벽이 뚫리자, 그 벽 너머 환한 빛 속에 식탁 하나가 눈에 들어왔고, 어느 가족들이 식탁에 둘러앉아 밥을 먹고 있는 중이었다. 하얀 콘크리트 가루를 뒤집어쓴 채 오함마를 어깨에 짊어진 사내와 식탁에 둘러앉은 가족들은 서로 묵묵히 바라보았다. 그들 사이 무너진 돌조각과 검고 하얀 돌가루만이 부스스 떨어져내렸다. 한 소녀가 식탁에서 일어나 사내 쪽으로 걸어왔다. 그리고 사내의 물집이 터지고 피가 뚝뚝 흐르는 손을 잡고 식탁으로 그를 이끌었다. 사내는 말없이 식탁의 빈 의자 하나를 골라 앉았다. 식탁 위 국그릇은 뜨거운 입김을 내뿜고 있었다. 사내는 어깨에 짊어진 오함마를 바닥에 내려놓았다. 그리고 무국적의 가족들과 사내는 식탁에 둘러앉아 숟가락을 들고 조용히 밥을 먹기 시작했다.

「세번째 _ 기뢰군(機雷群)」

3-1
소년의,
의식의 흐름 끝에서 증기선은 오는 것이다

3-2
무뚝뚝한 관념처럼 철갑 판을 두르고
옆구리에 달린 외륜(外輪)을 천천히 돌리며
굴뚝 위로 이상한 연기의 형상을 뱉어내는
움직이는 안개 같은 증기선을

3-3
삽을 든 털북숭이 원숭이* 화부가
보일러 속에 한 삽, 한 삽 퍼나르는
어두운 석탄들의 질과 양에 의해
굴뚝 위 연기는 어느 바람의 형상을
흉내 내며 어질어질 변하였던가

3-4

이제는 원숭이 두개골을 닮은 소년에게
야만을 물어야 할 때임을 나는 깨닫는다
소년이여, 두 귀를 막고 입을 벌린 채
다만 고요한 두개골처럼 캄캄히 눈 감으라
두 개의 텅 빈 구멍 속에 차오르는
상이군인들의 불굴의 군가를 들으리라

3-5

그것이 다만 끔찍한 해골이라는 것을
모르는 척,
어머니는 너의 얼굴뼈를 더듬었다
무심히 얼굴을 감싸 쥔 소년이여
이제는 그 야만을 더듬어 기억해야 하리
불그스레 홍역꽃을 앓던 소년이여
뜨거운 이마뼈를 어루만지던 손을 기억하듯
숨 쉬는 뒤통수를 쓰다듬으며
등을 떠밀던 그 손도 기억해야 하리

3-6

그리고 소년은 가족과 헤어졌다

모퉁이를 돌자 휘황찬란한 항구의 밤이었다
공중에서, 크레인 갈고리가
소년들을 하나둘 지상으로부터
번쩍번쩍 들어올리고 있었다

3-7
소년은 위험한 항구의 공기를 호흡하며
절름발이처럼 뒤쫓아온 그림자를
콘크리트 바닥에 넘어뜨리고 소년이여,
얼굴을 짓뭉개며 핏덩이가 될 때까지
두 주먹을 휘둘러야 했다
휘둥그레 놀란 눈으로
질질 침과 피로 범벅이 된 채
헤, 하고 웃는 얼굴을 짓뭉개며
핏덩이가 될 때까지
두 주먹을 휘둘러야 했다
한 절름발이 소년이 바닥에 누워
얼굴을 감싸 쥐고 기어이 울음을 터뜨린다
그것이 다만 끔찍한 해골이라는 듯

3-8

멀리, 항구의 불빛은 횃불처럼 흔들린다
부부 기적 소리가 울리고 굴뚝 위로
이상한 연기의 형상이 공중에서 흩어진다
우리는 갑판 위에 옹기종기 모여 앉아
고개를 쳐들고 그것을 올려다보고 있었다
우리 중 하나가 말한다
—나는 앞니가 부러지고 광대뼈가 일그러졌지.
우리 중 하나가 말한다
—나는 왼쪽 고막이 터지고 이마가 움푹 파였지.
우리 중 하나가 말한다
—나는 무릎이 펴지지 않고 엉덩이 한 짝이 없지.
히이힝……
우리 중 하나가 당나귀 흉내를 낸다
킥킥킥……
우리 중 하나가 키득거린다
이제, 항구의 불빛은 별빛 중 하나가 된다
갑판 아래
기관실 보일러 속으로 석탄을 퍼나르는
삽을 든 털북숭이 원숭이 사내의
움직임이 빨라진다

우람한 등에 땀방울이 맺힌다
근육이 파도처럼 뒤틀린다
보일러는 온통 붉고 뜨겁다
굴뚝 위
부부 기적 소리가 또 한 번 울린다

3-9
얼마나 지났을까
흩뿌려진 물고기 알처럼 눈 내린다
갑판에서 서로의 어깨를 맞대고 앉아
우리는 입을 벌리고 혓바닥을 내민 채
눈송이를 날름날름 받아먹는다
얼마나 지났을까
우리 중 하나가
얼어붙어 툭, 쓰러지면 우리는 몰려들었다
소년의 불룩한 하얀 배를 까집으리라
우리 중 하나가
녹슨 면도날로 배를 가르면
우리 중 하나가
삶은 빨랫감을 건져올리듯
우리 중 여럿이

심장과 대장과 쓸개와 위를 끄집어내리라
우리 중 하나가 말한다
—이럴 수가, 이 녀석은 당근도 먹을 줄 아는군.
우리 중 하나가 말한다
—희귀하군, 이 녀석은 심장이 오른쪽에 있었어.
우리 중 하나가 말한다
—재미없어, 이 녀석의 뇌를 한번 보고 싶었는데.
우우우……
우리 중 하나가 좀비 흉내를 낸다
히히히……
우리 중 하나가 히득거린다
이제, 항구의 불빛은 별자리 중 하나가 된다
갑판 아래
기관실 보일러 속으로 석탄을 퍼나르는
삽을 든 털북숭이 원숭이 사내의
움직임이 멈춘다
석탄 더미에 걸터앉아 더러운 천으로
얼굴의 검댕을 문지르고
축축한 겨드랑이를 닦는다
보일러는 온통 붉고 뜨겁다
굴뚝 위

부부 기적 소리가 또 한 번 울린다

3-10
얼마나 지났을까
갑판 난간 아래로
둥실둥실 기뢰군이 바다 위를
부유하며 스쳐지나갔다
우리 중
가장 두개골을 닮은 듯
야위어 있는 하나를 골라 바다에 내던지리라
그러면,
우리 중 하나는
파도에 휩쓸려 발버둥치다가
기뢰를 하나씩 붙잡으리라
그러면,
우리 중 여럿이
기다란 장대를 들고 갑판 난간에 서 있다가
기뢰에 의지한 채
허우적거리며 선체로 떠밀려오는
우리 중 하나를
멀찌감치 밀어내리라

우리 중 하나가 말한다
—발버둥치는, 저 녀석은 뿔 달린 기뢰보다도 못생겼군.
우리 중 하나가 말한다
—허우적대는, 저 녀석은 천식을 앓고 있지 않았어?
우리 중 하나가 말한다
—저것 봐라, 저 녀석은 기뢰 대신 장대에 매달리려 하네.
컹컹컹……
우리 중 하나가 물개 울음소리 흉내를 낸다
크크크……
우리 중 하나가 크큭거린다
이제, 항구의 불빛은 별똥이 되어 떨어진다
갑판 아래
기관실 보일러 속으로 석탄을 퍼나르던
삽을 든 털북숭이 원숭이 사내가
석탄 더미 속에 파묻혀 있다
보일러는 온통 붉고 차갑다
굴뚝 위
부부 기적 소리가 울리지 않았다

3-11
얼마나 지났을까
새벽빛이 밝아온다
죽은 소년이 얼굴을 감싸 쥐고
기어이 울음을 터뜨릴 것 같은
푸르스름하고 창백한 빛,

3-12
그것이 다만 끔찍한 해골이라는 듯
갑판에서 우리는 서로의 얼굴을
찬찬히 뜯어보고 있었다

3-13
시나브로,
증기선은 북방한계선(北方限界線)을 넘어서기 시작했다

* 유진 오닐, 『털북숭이 원숭이 The Hairy Ape』

2부

제국에서 보낸 한 철(鐵)

한 척이었다. 잠수함의 둥근 유리창 안에 들어가 앉아 있던 다름 아닌 칸 부상(浮上)하는 희미한 물체가 보였다. 그것은 놀랍게도 너덜너덜한 고물잠수함 나는 검은 물 아래로 점점 가라앉고 있었다. 그때 물속 깊은 곳에서 나를 향해 가지고 도대체 무엇을 만들고 있었던 것일까? 라고 생각하는 사이, 지고 있는 사이 나는 생각했다. 그런데 칸은 붉은 고물들을 밤 나는 진공관(眞空管) 속의 깃털처럼 투신했다. 내가 어떤 힘에 이끌려 떨어 나는 그 힘에 이끌려 검은 물이 흐르는 다리로 질질 끌려간 적이 있었다. 그날 한 벗어날 수 없는 힘이란 걸. 그러나 오랜 시간이 흐른 후, 족속이란 걸 알았어야 했다. 그것은 자석의 쇠끌힘처럼, 쇠를 먹는 고독을 아는 노숙자처럼 밤새 떨고 있었다. 그때 나는 칸이 어떤 힘으로부터 벗어날 수 없는 그 후 집으로 돌아온 나는 식탁 앞에 앉았다. 식탁 위 순가락 하나가 덜덜덜

고
있었다.

종하는 것 같았다. 칸은 마스카라 같은 기름을 눈 밑으로 줄줄줄 검게 흘려보내 뿜어져 나왔다. 마치 그의 둥그런 혹 속에 누군가 들어앉아 칸, 이라는 꼽추를 조 켁 쇠를 잘라대고 있었고, 양철굴뚝처럼 솟은 등허리 밖으로 하얀 스팀이 칙칙 날것의 쇠를 잘근잘근 씹어 먹고 있었다. 칸의 턱관절이 프레스기계처럼 철컥철 언젠가 불현듯 나는 칸과 마주친 적이 있었다. 한밤중 골목길 모퉁이에서 칸은

명체에 가까웠다.

사실뿐. 칸은 악취가 스멀스멀 기어올라오는 맨홀처럼 들여다보고 싶지 않은 생 어져내렸다. 내가 칸에 대해 아는 단 한 가지 그것은 그가 늙고 추한 꼽추라는 위로 새 떼가 날아갔지만 칸의 고물상 아래를 지날 때면 자석에 끌리듯 스스스 떨 의 높은 다락방 창문을 열고, 칸의 붉은 고물상을 바라보았다. 멀리 철의 언덕 은 마을로 터벅터벅 내려와 길가에 버려진 쇠를 주우러 다녔다. 가끔씩 나는 나 칸은 마을에서 홀로 떨어진 철의 언덕 위. 붉은 고물상에 살았다. 밤마다 칸

불가사리

보았다.

나는 칸의 고물 잠수함 해치를 열고、 그 속에 잠든 누군가를 오래도록 들여다

다.

히 떠올랐다. 다음날 아침 나는 뭍으로 떠밀려온 익사체 옆에 나란히 누워 있었

뜻해 보였다. 그리고 나는 그의 잠수함에 이끌려 검은 물 위로 잠망경처럼 서서

이었던 것이다. 그는 자신의 혹、 속에 들어가 가만히 웅크린 것인 양 온전히 따

불가사리 二

—1945년 팔월의 빨간 버튼

*

좀, 처음 네가 전학 오던 팔월의 아름다운 어느 날을 기억해. 그때 방독면을

홀로 쓰고 있던 너의 이상한 얼굴을 기억해. 좀, 구부정한 낙타처럼 앉아 있던

너의 책상과 그 옆에 반쯤 열린 창문 속 이글거리는 태양과 파란 하늘에 고요히

떠 있던 거대한 버섯구름을 기억해. 좀, 언젠가 창문 쪽으로 고개를 나사처럼

돌리며 천천히 너는 말했지. 『봐봐, 거대한 열쇠 구멍이 하늘에 뚫려 있잖아.

무섭게도 누군가 열어줘야 하지 않을까』라고, 말하던 순간 그 열쇠 구멍 속으로

슬그머니 빨려들어가던 어느 바람개비 하나를 기억해.

*

좀, 짓궂은 소년들이 너를 책상 위에 개구리처럼 발랑 눕힌 채 방독면을 반쯤

벗겼을 때, 그 틈 사이로 뭉게뭉게 빠져나오던 하얀 연기와 바람 빠진 풍선처럼

휘파람 소리를 내던 너의 입술을 기억해. 좀, 더는 네가 학교에 나오지 않던 날,

나는 바람 빠진 자전거를 타고 너의 집 앞까지 달려갔었지. 마을을 둘러싼 철

책들, 그 철책 바깥 네가 홀로 살고 있던 오래된 방공호, 그 방공호 앞 녹슨 빨

간 우체통, 그 위에 꽂혀 있던 바람개비 하나를 기억해. 좀, 방공호 문을 넘어

설 때 내 발에 걸리던 가느다란 철삿줄과 그 줄이 흔들어대던 깡통과 그 안에서

딸랑거리던 유리안들. 그 귀엽고 수줍던 너의 소규모 부비트랩을 기억해.

*

좀, 우리는 방독면 같은 방공호 안에서, 네가 끓인 따뜻한 우유를 마셨지.

좀, 너는 아무도 모른다던 너의 방독면 안을 내게 보여준다고 약속했고, 우리는

마을을 벗어나 한참을 걸었지. 마을 쪽에서 몇 번의 사이렌이 길게 울렸고, 나

에서 떨어지자. 그 밑이 무엇인지는 모르지만, 우리의 작은 머리가 세계의 밑바

학교에 나오기 싫다면, 우리 빨간 버튼 그걸 누르자. 좀, 나와 함께 모서리 끝

좀, 나에겐 빨간 버튼 하나가 있다는 걸 너에게만 고백할게. 그러니까 좀,

*

만의 세계를 건축하자. 좀, 너의 아름다운 놀이동산처럼.

좀, 우리 다시 공기를 오염시키자. 방독면이 없는 사람들이 모두 죽은 후 우리

지만, 좀, 네가 원한다면 내가 누군가의 신선한 산소를 훔쳐다줄게. 아니면,

시오면, 좀, 그때는 방독면을 벗기로 하자. 너의 공기는 위험하고 오염돼 있

다시 전쟁을 일으키자. 모든 소년들이 방독면을 쓰고 학교 가는 전쟁의 날이 다

해. 좀, 부탁할게, 학교에 다시 나가자. 학교가 싫다면, 좀, 그렇다면 우리

좀, 너의 열쇠 구멍 속을 들여다보며 캄캄히 중얼거렸던 나의 이야기를 기억

*

억해. 좀, 소괄호 같은 작은 어깨 위로 열쇠 구멍처럼 뚫려 있던 너의 얼굴을.

가질 때, 처음으로 네가 나에게 얼굴을 보여주던 그 홍당무 같은 저녁 노을을 기

며 너만의 총력전(總力戰)을 치르고 있었다는 걸 기억해. 좀, 모서리 끝에서 해

밀스런 놀이동산을 기억해. 좀, 너는 그 어두운 방독면 안에서 그것들을 생산하

말처럼 엎드린 채 회전목마인 양 우리를 등에 태우고 하루 종일 놀아주던, 그 비

부리 밖으로 피어나던 수천의 알록달록한 색종이 꽃들, 그리고 죽은 병사들이

공중그네처럼 빙빙 허공을 돌고 있었고, 수수깡처럼 땅에 꽂힌 소총들과 그 총

좀, 모서리 끝 그곳엔 너의 아름다운 놀이동산이 있었지. 프로펠러 비행기가

*

르르 맞으며, 무언가를 잃어버리기로 약속했던 너의 새끼손가락을 기억해.

끝 모서리 같았지. 좀, 그 낭떠러지에서 우리는 시원한 바람을 바람개비처럼 푸

아귀에서 모락모락 연기처럼 피어오르던 너의 하얀 손가락을. 우리가 세

상 끝에 다다랐을 때 좀, 그곳은 우리가 지우개나 연필을 자주 떨어뜨리던 책상

는 태어나 처음 본 철책 밖이 무서웠지만 좀, 너의 손을 꼭 잡고 걸을 때 나의 손

그녀는 한참을 그렇게 앉아 있다가, '놀' 자가 있는 글씨를 보며

이윽고 천천히 입을 떼기 시작했다. 그러자 그는 조용히 그녀를 바라보았다.

그녀는 무언가 말을 하려다 말고, 다시 입을 다물었다.

그가 가만히 그녀를 바라보고 있자 그녀는

이윽고 다시 입을 열었다. '음……' 하고

그녀는 낮은 목소리로 중얼거리듯 말했다. '음.'

그는 아무 말도 하지 않고 그저 그녀를 바라보기만 했다.

『음, 그러니까 지.』

그것은 움직이기 시작했던 것이다.

• 궤적(軌跡)

아침에 눈을 떴을 때 머리맡에 놓인 녹슨 트랜지스터라디오에서 돌격대의 합창 소리가 흘러나왔다. 어제 저녁을 먹고 『우리들의 포탄이 그리는 궤적의 미학(美學』이란 책을 읽었고 잠이 들 무렵 거대한 굉음이 들렸다. 둥근 철문은 숫자 팔처럼 뒤틀려버렸고, 내 귓속에서 커다란 요요가 허공을 구르듯이 웅웅대는 소리가 볼륨을 최대치로 높였을 때 침대에서 굴러떨어진 내가 바닥에 엎드려 깔깔거리며 웃고 있는 사이, 내 방의 창들은 영원히 아귀를 맞출 수 없는 불가능한 퍼즐 조각처럼 해체됐다. 순간 붉은 철판 하늘이 뒤틀리는 소리에 나는 귀를 막았고, 세상의 모든 유리

『숭고한 방독면을 쓴 청년돌격대여, (군중들) 만세! 그리고 빵과 우유를 전투적으로 생산해내는 우리들의 어머니 노동자여, (군중들) 만세! 위대한 시간은 시작되어 그것은 이제 눈을 떴습니다. 제군들이 잠든 사이에 그것은 비로소 반세기(半世紀)의 침묵을 깨고 가동되었으며 마침내 이동하기 시작했습니다. 그것은 가공할 힘을 얻었습니다. 나는 알 수 있습니다. 동지들이여…… 고뇌의 시간들이 계속될 것을, 그리하여 제군들이 바란 혁명은 결코 저들에게 오지 않을 것을 단언합니다. 따라서 몇 번이든 다시 소리치지 않으면 안 됩니다. 따라서 투쟁을 계속해나가지 않으면 안 됩니다. 그것은 개인을 위해서 움직여서는 안 됩니다. 그것은 굴복해도 안 됩니다. 그것은 비로소 쓰러뜨리지 않아서도 안 됩니다. 오직 단호한 복종, 복종만이 필요한 것입니다! (군중들) 만세! 승리 만세! 승리 만세! (합창) 붉은 무리 쳐부수고…… 돌격대는 거리를 행진한다…… 오직 생산! 생산만이 저들을 무찌르리라……』1

불가사리 三
— 제국에서 보낸 한 철(鐵)

음을 터뜨리기 일보직전의 얼굴처럼 질겅거렸다.

기다리다가 육식식물처럼 누군가의 얼굴을 덥석 베어 먹곤 했다. 그것은 막 울

간혹, 생각이 혁명이 될 때면 식물은 그 생각 속에 오래 들어앉아 수백 년을

로 가리며 우는 것처럼 모호했다.

우는 얼굴을 생각한 적이 있었다. 그것은 식물이 자기의 얼굴을 그 가느다란 줄기

간혹, 내가 슬픔과 고요한 어둠 속에 혼자 있을 때면 나는 생각 속에서 누군가의

나아가지만 않았을 뿐 다만 생각 속에서 식물처럼 조금씩 상승하고 있었던 것이

다.

내가 청년이 되기까지 생각은 정지된 채 어떤 진보도 없었지만, 그것은 앞으로

간혹, 그 알갱이들은 어떤 씨앗처럼 발아하기도 했다.

은 내 생각 속에 오래 가라앉아 있었다.

과학실 한켠 눈금이 새겨진 삼각플라스크 속에 침전된 어떤 알갱이처럼, 얼굴

나는 열 살이 되던 해부터 얼굴에 대해 오래 생각했었다.

그 순간부터 어떤 누구도 내가 우는 모습을 볼 수 없었다.

그리고 유아세례를 받듯이 방독면을 뒤집어썼고,

그날 나는 딱 한번 울었다.

이 그저 붉은 녹물이 흘러내렸었다.

무한(無限)한 붉은 철판으로 용접된 하늘은 이미 늙어 있었고 어떠한 예보도 없

살며시 고개를 돌렸을 때 창밖엔 붉은 비가 내렸었다.

밀어낸 후

내가 처음 태어나던 날, 피땀으로 범벅이 된 그녀가 나를 세계 밖으로 힘겹게

• 육식식물(肉食植物)

우리가 그것의 이동을 얼마나 오랫동안 기다려왔던가?

나는 침대 밑으로 기어들어가 밤새 웅크린 채 눈물을 흘렸다. 바닥이 쿵쿵 들

썩거릴 때마다 눈물 한 방울이 뚝뚝 떨어졌다.

덮었다. 그것은 먼지의 형식이 아니었다.

사이렌이 물러가고 안개가 이동하기 시작했다. 안개는 이윽고 사물의 표면을

• 복음성가(福音聖歌)

로 방독면을 벗는 그 무시무시한 광경을, 그럼으로써 나는 보았다. 내가 앉은 테라스 옆을 스쳐지나가며 한 사내가 스스

었다.

실로부터 출발해 천 분의 일 초 후 한 인간의 찻잔을 떨어뜨리는 혁명으로 끝을 맺
사이렌의 기원은 광장의 시계탑이 가리키던 정오의 분침과 시침처럼 명확한 사

쨍그랑, 나는 찻잔을 떨어뜨리고 말았던 것이다.

격을 아주 빠르게 그리고 아주 미세하게 벌려놓음으로써
카페 야외 테라스에 앉아 막 찻잔을 들어올리려던 나의 엄지와 검지 사이의 간
를 스치며 아주 미량의 붉은 녹을 털어냈고,

뚜껑 열린 맨홀 속 사다리를 타고 내려가던 한 사내의 어깨 위에 짊어진 오함마
보도를 달려가는 청년돌격대의 붉게 탄 목덜미를 독수리처럼 낚아챈 후
역에 정차한 전차 옆을 빠르게 지나쳤으며 빵과 우유가 담긴 가방을 메고 횡단
서 태어난 사이렌은,

그 파동은 이동하고 있었다. 광장 한가운데 삐죽 솟은 첨탑 꼭대기 확성기에
돌이켜보면 지금으로부터 반세기 전에 사이렌이 울렸었다.

• 사이렌의 기원(起源)

텅 빈 거리에서 벌떡 일어나 성큼성큼 집으로 귀환하듯이,
리에서 구걸하던 앉은뱅이가 사람들이 모두 떠나가버린 후
어느 날 식물은 나를 떠나 내가 알 수 없는 곳으로 이동했다. 마치 더러운 거

내가 아직 소년이었을 때

1

지하철은 땅굴 속을 빠르게 달리고 있었다.

를 생각한다. 그럴 때 생각은 호주머니 속처럼 캄캄해지고,
지하철을 타고 우리들의 도시 밑을 이동할 때면 나는 내가 아직 소년이었을 때

• 행방불명(行方不明)

얼마 후

사내가 뭉게뭉게 사라진 자리에는 「붉은 소화기」 하나, 놓여 있었다.

그렇다면, 그 사내는 세계로부터 공급된 것인가, 수요된 것인가,
해했다.

아니면, 방독면을 벗은 그 사내가 스스로 어떻게 안개가 되어버렸는지를 궁금
공급과 수요의 문제를 궁금해했다.

아니면, 먼지에게도 그림자가 배급될 것인가를, 먼지의 편에서, 아주 미세한
생존하는지를.

아니면, 사물의 표면에서 기생하는 먼지들이 어떻게 사물을 숙주(宿主) 삼아
끌어안고 벌벌 떨며 기도하는 그 음성(陰聲)을 듣고 싶어했다.
창밖의 직사광선이 사물 위로 복음성가처럼 비춰올 때 미세한 먼지들이 서로를
알 수 없었다.

내가 태어난 곳으로부터 나는 얼마나 이동한 후에 죽게 되는 것일까?

고 생각했었다. 식물의 그림자가 어떻게 이동하는지를 궁금해했다.
줄에 자리를 잡고 걸터앉아 있었다. 나는 내가 먼지라기보다는 그림자에 가깝다
면에 걸터앉을 때처럼 안개는 쉬지 않았다. 그때 나는 맨 앞에서 오백마흔번째
소리에 행군을 멈춘 소년병(少年兵)들이 스스로 먼지 한 줌이 되어, 세계의 표
『10분간 휴식!』

포켓 속으로 행방불명됐다.

진격하는 탱크를 막아섰던 포켓만큼 작은 사내는 어느 날

시청 광장에서,

3

『이번 역은 시청, 시청역입니다. 내리실 문은 왼쪽입니다.』

거리며 이동하고 있었다.

그것은 갈고리 같은 물음표처럼 또는 지하철 손잡이처럼 사람들을 꿰고 덜커덩

그것은 스위스 은행의 비밀계좌 같았고,

서 끄집어내기로 했었다.

그때부터 나는 「다목적 스위스칼」 같은 포켓 속의 비밀을 한 가지씩 포켓 속에

것 같았다.

2

얼마 전 나는 지하철에서 포켓 속 같은 검은 눈동자를 가진 비밀요원들에게 미

행당하기도 했었다. 그들의 비밀스런 포켓이 나의 작은 포켓 속을, 들여다보는

고 하릴없이 쏘다니는 청년이 되었다.

어느덧 시간이 흘러 나는 키가 훌쩍 자라버렸고 텅 빈 포켓 속에 두 손 찔러넣

쇠를 당긴 적도 있었다.

또 한번은, 어린 소년병 장난감 하나가 입안에 권총을 물고 포켓 속에서 방아

을 짚고 절뚝절뚝 기어나온 적도 있었고

한번은, 외다리 장난감 병정 하나가 붉은 피를 뚝뚝 흘리며 포켓 속에서 목발

하게 부서져 있곤 했었다.

가령, 내가 나의 작은 포켓 속에서 그것들을 꺼낼 때면 장난감들은 언제나 심

포켓처럼 작고 작은 비밀 한 가지가 나는 늘 궁금했었다.

비행기장난감미사일…… 등이 들어 있던 나의 작은 포켓 속,

나는 나의 작은 포켓 속에 장난감을 넣고 다녔었다. 장난감병정장난감총장난감

사물과 인간의 이종교배 생체실험을 교묘히 실행한다.

과학자들은 화폐, 나침반, 성경책, 수학의 정석, 모니터 등등 세상의 모든 근 잠든다.

다. 온몸이 하얀 털로 뒤덮인 영아들이 작은 냉장고 인큐베이터 안에서 쌔근쌔

설인 신드롬이 세계 각지로 퍼져나가자 냉장고와 인간의 이종교배가 성행한

리가 바로 설인이라는 논문을 학술지에 발표한다.

어떤 과학자는 설인의 유전적 기원이 인간과 동일하며 인간 진화의 잃어버린 고

온을 꾸준히 유지하고 있었다는 사실을 발표한다.

과학자들은 설인의 생체적응능력 테스트 실험 결과 놀랍게도 설인은 영하의 체

려온 설인을 커다란 전자레인지 안에서 서서히 데우기 시작한다.

탐험가들은 설인의 호흡 속에서 순도 높은 프레온가스를 추출해냈고 수도로 데

깊은 동면에 빠져 있다.

산 정상 동굴 속에 잠들어 있던 설인을 발견한다. 설인은 냉장고만치 큰 덩치로

『지구온난화의 날 히말라야 산맥에서 설인의 발자취를 쫓던 탐험가들이 드디어

*

그럴 때면 나는 나로부터 먼 곳의 어떤 생명체를 상상하곤 한다.

바라보곤 했었다.

저 가 는 것 을

죽어가는 고양이들. 그것들이 바닥에 눌어붙어 누군가의 전생처럼 점점 희미해

날개가 비틀린 채 툭툭 떨어지는 새들과 거리의 모퉁이처럼 휘어진 척추 뼈로

우리들의 붉은 철판 하늘 아래

*

짐승이나 다른 존재였던 내 전생이 떠오른다. 2

정글과 언덕, 계곡 앞에 서면

· 반인반수(半人半獸)

빵을 먹고 빵다운 빵이 되자. 3)
세상의 모든 어린이여 빵을 먹자.
아버지의 구두 같은 빵을 먹는 날이다.
오늘은 어린이 날 어린이는 빵의 왕.

• 독립혁명행진곡(獨立革命行進曲)

나는 그 어린이를 알고 있었다.

툭, 한 아이가 아이스크림을 떨어뜨린다.

이윽고 나는 바닥에 슬며시 누워 어떤 윤곽이 된다.
뚝뚝 내 팔 한쪽이 슬며시 녹아내린다. 허리 아래 두 다리가 슬며시 녹는다.
나는 걷는다.

새와 고양이로부터 먼 곳에서

바닥에서 죽은 고양이의 윤곽이 슬며시 등뼈를 세운다.
바닥에서 죽은 새의 윤곽이 슬며시 날갯짓한다.

나로부터 먼 곳에서,
나는 붉은 철판 하늘 아래를 걷는다.

*

빙하시대가 닥쳐도 인류는 설인으로 살아남을 것이다.』
다시 제자리로 되돌아올 것이라고 예언한다.
강단에 선 저명한 미래학자가 말하길 지구온난화의 날이 가고 지구자전축이
리가 사회적 이슈를 불러일으킨다.
누가 썩은 생선뼈 대신, 바닷가에 냉장고를 버렸는가? 라는 제목의 다큐멘터
날씨 좋은 휴일의 동물원엔 종을 알 수 없는 반인반수의 짐승들이 득실거린다.

있었다. 그것들은 상승하기를 망설이지 않았다. 나는 아침이 밝아올 때마다 나의 아름다운 금속들은 모두 땅속에서 채굴되었고, 식물의 뿌리를 간직하고

• 금속활자(金屬活字)

폐허 같은 「빵」 하나씩 놓여 있었다.

상을 휩쓸고 지나간 자리마다

끌어당기는 돌림노래 회오리바람이 북상(北上)하고 있었다. 그날 빵의 왕이 세

이 날이었다. 그날은 세계에 뿔뿔이 흩어진 빵 부스러기 같은 어린이들을 한데

빵이 거품처럼 부풀고 거품이 빵처럼 사라지고 구름이 빵을 숨기던 그날은 어린

빵, 거품, 구름……

이다.

지 않는 산과 같았고 어린이들이 서로 뭉쳐 거대하고 높은 빵이 되고야 말았던 것

천장을 뚫고 세상으로 하나둘 뛰쳐나왔다. 그날 빵으로…… 빵으로…… 부풀는

라든 자신을 보고야 말았다. 어린이들은 군림하는 구름, 무너지

아버지는 사라진 구두를 찾다 어린이의 거대한 구두 밑에 문득 개미마냥 쪼그

그날 어린이들은 무력무력 자랐으므로

는 것은 콧대 높은 불란서(佛蘭西) 어린이들을 모욕하는 것과 다름없었다.

어야 했다. 어린이들은 길고 딱딱한 빵을 동경했고, 그것을 「바게트」라고 부르

다. 작다고…… 어린이들을 우습게 보아선 안 된다는 걸 우리들의 도시는 알았

다만 어린이들은 신발장에 쭈그려 앉아 뒷다리를 들고 그것을 핥았을 뿐이었

스스로가 빵이라는 사실을 의심하지 않았다. 더불어 스스로가 개처럼 아버지의

신발장의 개처럼 아버지의 구두 같은 빵을 우적우적 씹어 먹으며 어린이들은

어린이들이 아버지의 빵을 훔쳤다.

신의 이웃으로부터.』

다. 우리들의 강철 피노키오를 꿈꾸며, 100밀리미터 철판을 사이에 둔 당

처럼 뒤틀린 걸음걸이로 또각또각 탈출에 성공했다는 걸 꼭 기억해주시기 바랍니

것은 나의 작은 혁명이랍니다. 불타는 탱크의 해치를 열고 한 인간이 목각인형

『친애하는 이웃에게, 나의 탱크가 화염에 휩싸이더라도 놀라지 마십시오. 그

그 모스부호의 전문은 다음과 같았다.

의 일이었다.

다. 밤새 그가 내게 보낸 소리들을 해독한 것은 내가 모스부호를 배우고 난 후

가끔 옆집 탱크 속에서 들려오던 철판 두드리는 소리에 나는 잠에서 깨곤 했었

옆집 탱크가 활활 불탄 적이 있었다.

그렇게 홀로 떨어진,

이 불가능한 암호처럼 늘 홀로 떨어져 있었다.

그들의 몸짓은 멀리서 보면 흐릿한 상형문자를 닮았고, 가까이에서 보면 해석

어 끌려다녔다.

철판으로 뒤덮인 붉은 하늘 아래 방독면을 쓴 사람들은 쇠사슬처럼 서로 연결되

거리는 분주했다.

으로 걸어나오는 것이다.

그 철의 자궁 속에서 눈을 뜰 때면 나는 둥그런 해치 뚜껑을 열고 삐걱삐걱 밖

(塹壕戰)을 돌파하기 위해 발명된 탱크 속 같았다.

랐다. 그러므로 그것은 문자이면서 암호이기도 했다. 나의 방은 지루한 참호전

내 방 창틀에 놓인 화분 속에서 금속은 아무도 해석할 수 없는 상형문자처럼 자

빛으로, 나는 금속을 사랑해왔다.

그것은 금속의 일기였고 나는 온전히 금속을 지배하기를 원했다. 과학자의 눈

의 아름다운 금속들에게 주어질 하루치의 일조량과 수량을 꼼꼼히 기록해왔다.

망치의 궤적과 불꽃 속에서 나는 로봇을 못 박으며 소리쳤다!

『이젠 끝이야.』

나는 나의 사랑하는 로봇을 업고 용광로가 있는 제철공장으로 갔다. 그리고 뜨거운 용광로 속에 그를 수장(水葬)했다. 로봇은 붉은 철로 되돌아갔다. 제철공장에서 나는 상자 하나를 품에 들고 나와 숲속의 교회를 찾아갔다. 나는 뾰족한 교회 첨탑으로 기어올라갔다. 첨탑 위엔 커다란 십자가가 꽂혀 있었다. 나는 상자를 열고 그 안에서 망치와 못을 꺼냈다.

『이젠 끝이야.』[5]

마치 불과 석탄을 집어삼키는 목소리 같았다.

난로 옆에는 젖은 구두 한 짝이 늙은 가축처럼 놓여 있었다. 광부는 보이지 않았다. 깊은 터널 속 곡괭이질 소리만 아득히 멀어져갔다. 나는 로봇의 관절마디에서 새어나오는 저녁의 검은 기름을 부드러운 천으로 닦아주었다. 나는 로봇의 가슴속에서 검은 테이프를 발견하기도 했다. 검은 테이프 속에는 로봇의 목소리가 녹음돼 있었다.

그곳에는 뜨거운 난로가 있었다.

나는 로봇의 나사를 천천히 풀어주기 시작했다. 나사가 풀리자, 로봇의 머리와 팔다리가 몸통으로부터 하나둘 해체됐다. 나사가 풀린 자국마다 구멍이 있었고, 구멍 속에는 나선형의 계단이 있었고, 나선형의 계단을 걸어내려가는 한 소녀가 있었다. 로봇의 등에서 배터리를 빼내자 그의 불 켜진 눈이 커튼 내린 창처럼 어두워졌다. 로봇의 가슴을 열었다.

사랑하는 나의 로봇이 죽었다.

・나선형(螺旋形)

뚜뚜…… 뚜…… 뚜뚜뚜……

처럼 가느다랗게 진동한다. 그 벽 속에.

미확인 인간이 문 앞에 서서 인사한다. 방은 허공처럼 푸르다. 바람벽이 고막

『잘 다녀왔어요.』

간처럼 어떤 죽음으로부터 점점점점 희미해질 때까지.

어떤 날은 점점점 나는 희미해지곤 한다. 사건 현장의 하얀 테두리, 미확인 인

질 무렵 나는 전파처럼 집으로 반사되곤 했다.

언제나 전화수신음은 되돌아왔다. 언제나 외계인은 부재중이다. 언제나 해가

화료가 부과됩니다. 뚜뚜뚜……

『고객님이 전화를 받을 수 없어 음성사서함으로 연결됩니다. 연결된 후에는 통

다. 외계문명의 전파를 수신하듯 어떤 메시지를 기다려보았다.

언젠가 나는 납골당에서 귀를 활짝 열고 접시 안테나처럼 머물러 앉아보기도 했

한데 그러모아, 나는 둥근 은백색 유골단지 안에 그를 보관했다.

속에 그는 자기 테이프처럼 누워 기록되었던 것이다. 추락한 블랙박스의 잔해를

후 미확인 인간이 사라진 곳에서 블랙박스 하나가 발견되었다. 그 검은 관(棺)

언젠가 나는 중환자실 한쪽에서 그의 산소 마스크를 벗겨주었다. 그리고 얼마

나의 사랑했던 미확인 인간이 사라진 적이 있었다.

점멸하던 작은 점.

되었고, 나의 귀들은 스물네 시간 미확인 인간을 탐지했다. 나의 레이더 속에서

레이더 표지판의 작은 점처럼 뚜뚜뚜 포착된다. 그런 날은 조기경보체계가 가동

그런 날은 구겨진 귀가 레이더처럼 활짝 펴지고, 그 순간부터 미확인 인간이

어떤 날은 잠시 눈을 감고 미확인 인간을 생각하기로 한다.

• 전파(電波)

그는 되살아났다.

노하고 있었던 것이다.

열차포는 터널 속에서 그 위엄을 서서히 드러내고 있었다. 철이 된 사내는 분

「무게 1350톤, 길이 47。3미터, 넓이 7。1미터, 높이 11。6미
터, 구경 800밀리미터, 사정거리 48킬로미터.」

열차포가 나를 향하여 이동하고 있었다.

나는 철로에 귀를 대고 누운 채 그의 이야기를 듣곤 하였다. 덜컹 덜컹 멀리서

가 생산해낸 모든 금속에 함유되었다.

그의 유품으로 그를 장사지냈다. 그러나 그의 영혼은 어떤 불순물처럼 용광로

그는 아주 잠깐 태양의 흑점처럼 실존했었다. 뼛가루조차 찾을 수 없었으므로,

용광로 속으로 투신한 한 사나이를.

그리고 나는 어떤 실존처럼 한 사건을 오랫동안 기억했다.

림들과 구름 한 점 없는 하늘의 철판을 본 적은 있다.

쪽의 성곽처럼 놓인 푸른 벽 수족관과 북쪽의 창고에 웅장한 산맥처럼 쌓인 통조

남쪽의 들끓는 커다란 용광로와 동쪽의 수억 킬로와트를 생산하는 발전소와 서

본 적이 없다.

태양과 달을, 바다와 강과 산을 눈과 바람과 우박과 서리와 번개를, 나는

• **열차포(列車砲)**

밤새 모스부호를 두드리던 그 사람 미확인 인간.

그 후 얼마 지나지 않아 그는 다음과 같은 일기를 남기고 목을 매달았다.

하던 수도원장의 비밀일기를 훔쳐본 적이 있었다.

한번은 수도원에 포도주를 얻으러 갔다가 지하실 창고에서 코르크 마개를 수집

수도원에서 들려오던 종소리를 듣곤 했었다.

나는 우리들의 붉은 철판 하늘을 찌를 듯이 높게 자란 삼나무 아래 그늘에 누워,

범람하곤 하였다.

붉은 비가 주르륵주르륵 쏟아지던 장마철이 오면 골짜기엔 붉은 녹물이 사납게

혈우병을 앓는 소년이 코를 얻어맞은 듯

우리들의 도시의 모서리 끝에 위치한 철의 협곡은 나의 신비로운 산책로였다.

• 묘비명(墓碑銘)

시커먼 닻을 내리듯 침몰했다.

지상으로,
천개의 태양이 빛나듯 눈부시게 아름다웠다. 순식간에 뼈대만 남은 비행선은

섬광(閃光)이었다.

장렬하게 친구의 비행선은 광장 첨탑 위에서 불타고 있었다.
무겁게 우리를 짓누르고 있었던가를 생각해보라.
친구의 이동은 중력으로부터의 해방이었다. 우리들의 투명한 대기가 얼마나
었고, 어느 날 친구는 상승했다.
친구의 기계는 지하실의 음지식물(陰地植物)처럼 음습하고 비밀스럽게 완성되
수소를 가득 채웠다.
경금속으로 비행선의 유선형 골격을 만들고 그 안에 가스 주머니를 집어넣은 후
친구는 오래전부터 지하실에서 홀로 비행선(飛行船)을 만들어왔다.

• 흑선(黑船)

바닥엔 벌레 먹은 사과 한 알, 뎅그러니 떨어져 있었다.

도 만질 수도 없는 손, 누군가 당신의 마개를 열고 떠나갔다.

지하 창고 깊은 곳으로 그를 끌어당기는 손이 있다. 유령처럼 안개처럼 보이지

바닥으로 떨어지는 물체 주머니

뚝,

오랜 침묵이 흐른 후

다만 허공에 뚫려 있던 것,

그것은 붉고 둥근 사과 알 혹은 구멍

보라, 한 사람이 떠나갔지만 그의 체취는 허공에 매달려 있다.

허공에 오뚝 선 코르크 마개여, 구멍은 또 하나의 마개일 뿐

리고 숨쉬던 구멍, 그 구멍 속에서 이제 벌레들이 들락거린다.

들이 멈춰 서 있다. 코르크 마개가 되어 허공에 박힌 몸, 구멍 뚫린 몸, 땀 흘

삥 뚫려 있다. 그의 마지막 마개를 열자, 지하 창고 같은 몸속 붉은 포도주 병

목을 매달기 전, 그가 올려다본 코르크 마개 같은 하늘

허공에 매달려 있다.

목,

크리스털 병 밖으로 빠져나가는 향수처럼 또는 연기처럼 길게 늘어져 있는 그의

그의 마개가 열린다.

새로운 묘비명이 발견되었고

우리는 그의 구멍을 봉인했고 그의 봉분 위에서

『그날 나무에서 떨어진 사과는 궤짝에 담겨 땅에 묻혔다.』 6)

082

광기(光氣)의 배후.』

빨대를 꽂고 빨아대는

등껍데기 속 숨겨둔 소용돌이,

별이 빛나는 밤에 야간행군하는 달팽이들의

달팽이는 빠르다. 총알같이 돌아가는 저 소리들 따라

귀싸대기마냥 번쩍 달팽이를 쏘아 보낸다.

인간의 한쪽 귀가 은하의 나머지 한쪽 귀에게

소용돌이 은하 밖의 소리들이 귓속으로 빨려들어 온다.

별이 빛나는 밤에 달팽이들이 귓바퀴 속에서 돌아간다.

푸른 안개가 짐승의 꼬리를 물고 모퉁이처럼 돌아간다.

별이 빛나는 밤에 별들의 살육(殺戮)이 시작된다.

별들이 돌아간다, 돌며 서로의 몸을 날카롭게 베어낸다.

달팽이들이 프로펠러 같은 비명들을 내뱉고 있는데

인간의 입이 툭 벌어지고 입속에서 웅웅웅 소용돌이가 도는데

그럴 때 달팽이는 발밑에서 한줄기 빛으로 드러눕는다.

인간은 자기 머리 위의 별빛을 갉아먹으며 기어가는 것일까?

발바닥의 티눈처럼 달팽이 눈이 뾰족 튀어나올 때까지

별이 빛나는 밤에 야행성 달팽이들이 지상으로 빨려들어온다.

등껍데기 속 소용돌이가 서서히 밤하늘의 귀퉁이부터 돌아가기 시작한다.

『외계 달팽이가 돌아간다.

많은 학자처럼 달팽이들을 관찰하곤 했었다.

점점 달팽이들을 관찰하는 횟수가 늘어날수록

나는 달팽이들을 점점 더 많이 징병(徵兵)하고 있었던 것이다.

그런 날 달팽이처럼 입을 벌리고 밤하늘을 올려다보면

밖에서 종종 누군가에게 따귀를 맞고 집에 돌아온 날이면 안에서 나는 수치심

나의 유리 상자 속에 꽤 오랫동안 달팽이들을 사육했었고

한때 나는 달팽이에 꽤 심취했었다.

꽤 오랫동안 나는 중이염을 앓아 왔다.

• 야행성(夜行性)

다.

나는 하늘의 철판에 매달린 수천 개의 낡은 알전구 밑을 산책하는 걸 좋아했었

가까운 그 무엇으로 상승했다.

어떤 사유도 증기처럼 혁명적일 수 없었고, 증기는 혁명이라기보다는 예술에

우...... 벌어지기 시작했다.

증기는 파이프를 통해 이동했고, 피스톤을 움직였으며 기계의 입이 우우

으며 비로소 기계라는 세계를 실천할 수 있었다.

기계의 사유를 가동시켰다. 기계의 가장 안쪽에서 보일러는 사유하고 또 사유했

오래된 보일러 속에서 시작되었다. 톱니바퀴들은 언어처럼 서로 맞물림으로써

나는 증기기관보다 아름다운 예술을 본 적이 없다. 처음 기계의 사유는 어느

고백하건대,

• 무한궤도(無限軌道)

나는 한쪽 귀가 불현듯 멍멍해졌다.

『웅웅웅......』

그 순간 네거리의 자동차들은 날카로운 클랙션 소리를 마구 울려댔고,

쟁터로 향하던 어느 늙은 참전용사를 본 적이 있었다.

놀랍게도 나는 광화문 네거리에서 화르륵 불붙은 가스통을 짊어지고 자신의 전

그러나

던 어린 날의 나처럼 달팽이들은 병약해졌다.

달팽이들은 어느새 훌쩍 늙어갔고 마치 한쪽 뺨을 맞으면 다른 쪽 뺨도 내어주

그러나

원했다.

더 이상 따귀를 맞지 않고 다니게 된 후에도 나의 외계 달팽이들은 참전하기를

그러나

그것이 괴물의 최후였다.

그제야 괴물은 그 자리에서 정지된 채 쇳가루가 되어 산산이 흩어졌다.

누군가 아이의 왼쪽 가슴에 달린 빨간 버튼을 눌러버리고 말았다.

탕, 하는 찰나의 총성이 울렸고

그러나 괴물이 폴리스 선을 넘었을 때

괴물의 새끼발톱쯤에서 아이는 작은 촛불 하나를 들고 있었다. 그 누구도 아이가 만들어낸 괴물의 진보를 막을 수 없었고,

철그렁…… 철그렁…… 거대한 턱을 상하로 움직이며 괴물은 G구역을 모서리부터 씹어 먹었다.

이의 물탱크를 뚫고 나와 거리를 이동하기 시작했다.

그것은 육화(肉化)의 순간이기도 했다. 미세한 쇳가루에서 태어난 괴물은 아고, 이윽고 공간을 형성하더니, 급기야 입체화되었다.

를 반복했다. 아이의 그림은 처음에는 작은 점으로 시작되어, 하나의 선이 되었자석에 이리저리 끌려다니는 쇳가루들은 어떤 형상으로 뭉쳤다가 다시 흩어지기했다.

다. 아이는 먹지도 자지도 않았다. 하얀 도화지 위에서 어떤 끌림에 대해 탐구물탱크 안에서, 아이는 딱딱한 검은 책상에 앉아 쇳가루와 자석을 갖고 놀았한 아이의 공상 속에서 태어났다.

최후의 괴물은 G구역 노란 물탱크 속에 숨어 살던,

• 입체화(立體化)

모두 다 실천하는 증기의 아름다운 예술들이었다.

어느 광활한 무한궤도를 목격했었다.

또, 나는 악취 나는 빈민가(貧民街)를 시의 외곽으로 크르렁 크르렁 끌고 가는

또, 나는 건물의 외벽에 어지럽게 붙어 있는 증기 파이프를 수상히 여겼었다.

또, 나는 거리를 달리는 움직이는 안개 같은 증기열차를 바라보았었다.

그러곤 이런 노래가 컨베이어벨트를 따라 흘러나왔다.

오랜 시간 후 노래가 되어, 그것은 한 사내의 눈동자 속에서 채굴되었다.

처음부터 식탁과 간이침대가 놓인 방 안엔 아무도 없었는지 모른다. 그러나 음표처럼 구부정히 떠나간 사람의 뒷모습은, 그를 떠나보낸 사람의 눈동자처럼 혹은 캄캄한 광석처럼 오래 붙박여 있었던 것이다.

아무도 없는 간이침대 위엔 기타가,

아무도 없는 식탁 위엔 호밀 빵이,

• 오선지(五線紙)

지하에서 올라오는 컨베이어벨트 위에 실린 광석(鑛石)들은 이동하고 있었다.

오선지 위의 음표처럼 어딘가로 흘러가고 있었다. 내가 불 꺼진 방 안에 우두커니 앉아 기타의 쇳줄을 튕기면,

나로부터 아래로…… 아래에서…… 사내는 곡괭이를 휘둘렀고 뾰족한 날 끝에서 불꽃이 튀곤 했다.

호밀 빵처럼 거칠고 딱딱한 그의 손을 나는 그리워했었다. 그와 악수를 하고 난 후에는 그의 캄캄한 뒷모습처럼 나는 늘 캄캄히 배가 고팠다.

그것은 거미의 공복(空腹)이기도 했다.

오래전 나는 이 이야기를, 도시 끝에 위치한 고물상의 늙은 인부에게서 전해 들었다. 그는 검붉은 얼굴의 알코올중독자였고, 수전증을 앓고 있었기 때문에 포클레인을 조종할 수 없었다. 내가 레버를 당기며 고철을 한 움큼 퍼올릴 때마다,

내 옆자리에 앉은 그는 마치 괴물을 바라보듯이 나를 바라보았고, 나는 그의 왼쪽 가슴을 찰나의 순간마다 훔쳐보았다.

한여름의 소나기 같았다.
나팔꽃이 덩굴진 양철지붕 위를 때리는
그 목소리는,

『이제는, 우리들의 산업전선에서 은밀히 사보타주를 일으키던 시인들을 색출
할 때이다. 이제는, 나약한 포유류 같은 시인들의 눈빛과 몸짓에 속지 말아야
할 때이다. 이제는, 시인들이 가축보다도 게으르며 우생학적으로 멸종되어야
할 인간들임을 알아야 할 때이다.』

기를 단 장갑차가 지나가고 있었다.
소년이 나에게 자신은 시인이라고 수줍게 고백하던 순간 우리들 앞으로 확성
뉘 먹었고,
정거장의 낡고 녹슨 벤치에 나란히 앉아 소년과 나는 삶은 계란을 느긋하게 나
년은 움직이는 안개를 기다리는 중이라 했다.
예전에 줄무늬 파자마를 입은 한 소년과 나는 거리에서 만난 적이 있었다. 소
이제는, 줄무늬 파자마를 입은 소년8)에 대해 이야기할 때이다.

• 산업전선(産業戰線)

오선지 위에 목을 매단 그 사내는, 스스로 높은음자리표가 되었던 것이다.

Ach'imŭn pinnara i kangsan
Ŭn'gŭme chawŏndo kadŭkhan
Samch'ŏlli arŭmdaun nae choguk
Panmannyŏn oraen ryŏksaë
Ch'allanhan munhwaro charanan
Sŭlgiron inminŭi i yŏnggwang
Momgwa mam ta pach'yŏ i Chŏson
Kiri pattŭse7)

콰, 하는 폭음이 울렸고

그렇게 태어나 치음으로 푸른 하늘과 구름과 찬란한 태양을 바라보던 찰나

나는 고개를 쳐들고,

대륙간탄도탄(大陸間彈道彈)이 상승하는 모습을

우리들의 하늘을 둘러싸고 있던 철판이 반으로 쪼개지듯 열리며,

내가 공장에 도착했을 때 나는 보았다.

그러므로

모두들 일발의 포탄 같은 얼굴이었다.

사람들은 어떤 거대한 힘에 이끌려 공장으로, 공장으로 발걸음을 옮겼다.

붉은 철판 하늘은 거대한 파도처럼 뒤틀렸고

철도를 따라 줄지어 늘어선 열차포들이 덜컹덜컹 이동하고 있었다.

내 방의 해치 뚜껑을 열고 거리로 뛰쳐나왔다.

창 소리에 눈을 떴고

그리하여, 오늘 아침 나는 녹슨 트랜지스터라디오에서 흘러나온 돌격대의 합

• 초인(超人)의 눈동자

그것이 소년이 내게 남긴 마지막 시(詩)였다.

$$E = mc^2$$

연필로 꾹꾹 눌러 쓴 하나의 공식이 적혀 있었다.

꼬깃꼬깃한 쪽지 속엔,

호주머니 속에서 쪽지를 하나 꺼내 내게 마지막으로 건네주었다.

소년은 움직이는 안개에 탑승하기 전,

소년과 나는 아무 말 없이 삶은 계란을 마저 먹었고, 잠시 후 거리의 모퉁이에

서 움직이는 안개가 덜컹거리며 정류장 앞에 정차했다.

비로소

나는 「배아줄기세포」처럼 어느 한 인간을 예감하고 있었다.

알몸으로 웅크린 채

무한의 어둠 속에서

얼마나 걸었을까?

흐느끼며 천천히 걸어들어갔다.

도시의 눈동자 속으로

나는 안개와 불꽃에 휩싸인 채

움푹 팬 눈동자 같은, 구멍을 내었다.

마침내

도시의 한 귀퉁이

그 순간 줄무늬 파자마를 입은 소년의 시가 핵폭발을 일으키기 시작했고

그 순간 광석은 용광로 속에서 부글부글 철의 애국가를 부르기 시작했고

그 순간, 인부는 고철 더미 속을 미친 듯이 헤집으며 괴물을 찾기 시작했고

그 순간, 보일러 속에선 한 인간이 망치를 든 철학자처럼 사유하기 시작했고

그 순간, 네거리의 달팽이는 온몸에 휘발유를 끼얹고 불타오르기 시작했고

그 순간, 수도원 지하실에 쌓인 코르크 마개가 핏빛으로 물들기 시작했고

그 순간, 첨탑 위 비행선은 불에 탄 친구를 공중으로 끌어올리기 시작했고

그 순간, 사나이의 열차포가 화염을 뿜으며 철갑탄을 발사하기 시작했고

그 순간, 은백색유골단지가 미확인 인간을 신고 우주로 날아가기 시작했고

그 순간, 숲속 교회에선 늘어진 테이프 같은 방언 소리가 울리기 시작됐고

그 순간, 화분 속은 알루미늄 오이를 툭툭 열매 맺기 시작했고

그 순간, 어린이는 반짝거리는 에나멜 구두로 개미를 밟아 죽이기 시작했고

그 순간, 바닥의 새와 고양이 윤곽이 지붕 위로 날고 뛰어오르기 시작했고

그 순간, 광장에서 사내는 붉은 스위스 칼로 북북 손목을 긋기 시작했고

내가 두 귀를 막고 입을 벌린 채 등을 돌리던 바로

우리들의 도시가 거대한 생명체처럼 땅 끝을 기어가고 있었다.

저 멀리

서 있었다.

세계 속에,

홀로,

하나가,

낡은 표지판,

비무장지대 2킬로미터

서서히 눈을 뜨자,

북서풍의,

차가운 바람이 불어왔고,

어느덧 나로부터,

가장 가까운 곳에서,

나는 방독면을 천천히 벗기 시작했다.

8) 존 보인의 소설 제목

한 문화로 자라난/슬기론 인민의 이 영광/몸과 맘 다 바쳐 이 조선/길이 받드세」

「아침은 빛나라 이 강산/은 금에 자원도 가득한/삼천리 아름다운 내 조국/반만년 오랜 역사에/찬란

7) 매큔-라이샤워 표기법, 조선민주주의인민공화국 애국가 1절,

6) 아이작 뉴턴의 《비밀사과일기》 중에서

5) 에드거 앨런 포의 시 《갈가마귀》 중 한 구절

4) 빅토르 최, 《알루미늄 오이》 중에서

3) 어린이 독립혁명행진곡 《빵의 왕이 나가신다》 돌림노래 후렴구

2) 영화 《엉클분미》 중에서

1) 1933년 1월 30일 아돌프 히틀러의 연설을 변형함

3부
악(惡)의 축

옴의 법칙
─ 존재의 세 가지 변검술(術)

옴은 휘황찬란한 발명의 시대 속에서 태어났다 그때 시간은 거센 전류 같았고 사람들은 쥐처럼 새까맣게 타죽은 채 맨홀 밖으로 건져올려지곤 했다 여자가 옴을 낳았을 때 옴은 머리통 대신 모니터를 달고 태어났다 사람들은 거울 같은 옴의 얼굴 속에서 뒹겨 나오는 수천 개의 굴절된 얼굴만을 기억할 뿐 옴은 늘 겹겹이 뒤집어쓴 얼굴 무덤 속에 파묻혀 살았다 반대로 변검술사처럼 옴은 수천 개의 얼굴을 달고 다니기도 했다 여자는 옴을 낳기 전, 뱀과 계약을 맺었다* 여자는 흑백의 옷을 벗었고 정전기가 살갗을 스쳤고 뱀 한 마리 나타났다 뱀은 환하게 불 켜진 전구알을 따먹도록 여자를 유혹했다 여자는 전구알을 오드득오드득 씹어먹으며 하혈했다 옴은 늘 가로등 위에 둥글게 웅크린 태아마냥 걸려 있었고 교회 첨탑 위에 꽂힌 네온 십자가에 매달려 잠들곤 했다 땅 위의 사람들은 옴의 이미지를 훔쳐냈고 반딧불이 같은 액정을 하나씩 품고 다녔다 옴의 일생은 가느다란 필라멘트처럼 위태로웠다 옴은 발명의 시대를 떠돌며 세계 곳곳의 발전소에서 노동했다 온종일 발전기를 돌리며 옴은 머릿속에 반짝, 하는 전구 하나를 떠올리곤 했다** 그러나 발전소는 태양의 흑점처럼 어두웠고 좌변기는 시체보다 차가웠다 옴의 피는 뜨거운 발전기계들과 간통하던 냉각수를 닮아, 차가웠다 한밤중 발전소 라디오 스피커에서 꿈틀꿈틀 흘러나오는 뱀들 파장들 진동들 노래들 옴은 에너지를, 그 무채색 피를 맛보았다*** 옴은 손에 든 망치를 휘둘렀고 불꽃 같은 저항을 배웠다 발전소 밖으로 뛰쳐나온 옴은 거리의 이미지들을 유혹했고 윙윙 돌아가는 발전기 뒤에서 티브이 채널을 돌리듯 이미지들의 목을 뒤틀어버렸다 옴은 환한 모니터를 달고 밤거리를 쏘다녔고 사람들이 훔쳐간 이미지를, 모텔에서 화장실에서 강둑에서 터널에서 하나둘, 되돌려 받아냈다 강물에 유기된 이미지들이 물 위로 둥둥 떠오르기 시작했다 옴은 발명의 시대 속에서 동해 번쩍 서해 번쩍, 존재했다 소파 무덤에 파묻힌 사람들의 돋보기 같은 얼굴은 모니터의 불빛을 빨아들이며 서서히 타들어갔다 그 시각, 생각하는 사람처럼 전기의자 위에 앉아 있던 사형수가 머릿속에 반짝, 하는 전구 하나를 떠올리며 말했다 너희 이미지 도둑들이여, 살인은 또다른 발명이다! 순간, 빛은 의자의 형상으로 반짝거렸다

피랍(被拉)

지하보도에 숨어 살던 미확인 지하물체가 추락했다 이 사건의 진상이 로스웰 사건과 다른 한 가지는 지하에서 지상으로 불시착했다는 점이다 어느 자정 넘은 밤 지하물체는 지상으로 떠올랐고 도로 위에 미동 없이 정지해 있었는데 브레이크 굉음과 함께 환한 헤드라이트 불빛이 지하물체를 자석처럼 끌어당겼다 잠시 후 도마 위의 피를 닦는 행주인 양 정부의 비밀요원들이 지하물체를 수거해 갔다 지하물체가 불시착한 자리엔 흰 테두리로 인간의 형상이 그려져 있었다 지하물체는 밝은 빛으로 둘러싸인 미지의 공간에서 신선하게 냉동보관됐다가 차가운 수술대 위에 놓였다 낯선 언어를 구사하는 코와 입이 없는 녹색 외계인들이 지하물체를 학술적으로 해부했다 결국 외계의 우주선이 워프하듯 지하물체는 지하세계에서 감쪽같이 사라졌다 누군가 헛디딘 계단 한 칸 혹은 미확인 지하물체 그 뺑소니 같은 음모론은 빠르게 지하세계로 숨어들었다 또다른 레지스탕스 지하물체는 핍박을 피해 지하로 숨어든 자신을 메시아라고 믿었다 지하광장 분수대 밑에 쪼그려 앉은 지하물체에게 은백색의 비행접시들이 드문드문 찾아와 구원의 메시지를 날라다주었다 인간은 신의 형상대로 신은 인간의 형상대로 그러나 미지의 외계인은 미확인 지하물체를 선택했다는 예언된 말씀! 지하세계 무료 신문 속엔 외계인에 의한 피랍자의 수가 인체발화자 수만큼이나 늘어났다는 기사가 지면 맨 하단 가십난에 숯불의 글씨로 은밀히 씌어졌다 티브이에선 검은 복면을 쓴 테러리스트가 외계인 피랍 할리우드 영화를 보고 모방범죄를 저지르고 있었다 교회의 십자가 위에 자주 둥글고 흰빛의 미확인 비행물체들이 후광처럼 머물렀다 예수가 공중으로 들어올려졌듯 지하광장의 지하물체는 고요히 피랍될 순간을 기다렸다 지상과 지하의 경계를 왕래하는 맨틀 에스컬레이터가 인간들을 태우고 스르르 움직이고 있었다

리틀보이의 여름방학
— 21세기 소년에서 20세기 소년에게로

*

　내 별명은 리틀보이랍니다. 다른 꼬마들처럼 꼬추 만지는 게 버릇이라서 곧잘 부모님께 꾸중을 듣곤 합니다. 친구는 가끔 내게 이런 말을 합니다. 리틀보이! 내 꼬추는 우리 아빠가 잡아온 메기만큼이나 크다구! 무척이나 메기를 좋아하는 녀석이었죠. 불쌍하게도 그날 밤 녀석의 엄마가 아빠의 메기를 먹어버렸지만 말이에요. 나 리틀보이는 키가 작아서 학교에 가면 맨 앞자리에 앉습니다. 내 꼬추만큼이나 짧은 거리에 언제나 선생님이 계십니다. 나 리틀보이처럼 키가 작으면 꼬추를 함부로 만지지 못해 참 불편합니다. 그래서 내 별명은 리틀보이랍니다.

*

　오늘은 나 리틀보이의 즐거운 여름방학이 시작되는 날입니다. 지구의 어떤 꼬마들보다도 꼬추 만지기를 좋아하는 나 리틀보이는 스쿨버스를 타고 집으로 갑니다. 그런데 어디선가 사이렌 소리가 울립니다. 사이렌 소리는 선생님 몰래 나 리틀보이가 지퍼를 열고 꼬추를 만지작거릴 때마다 양배추 머리 짝꿍이 앙, 하고 터뜨린 울음처럼 시끄럽습니다. 스쿨버스는 도로 한가운데 멈춰 섭니다. 창밖으로 막대사탕처럼 서 있던 사람이 피식, 쓰러집니다. 막대사탕은 들것에 실려 갑니다. 자세히 보니 머리통이 빨간 피로 물들어 있습니다. 저 막대사탕은 딸기 맛인가 봅니다. 막대사탕은 들것 위에 누운 채 막대사탕을 손에 쥔 개구쟁이처럼 키득키득 웃고 있습니다. 도로엔 놀이공원에 놀러 갔을 적에 귀신의 집에서 보았던 하얀 연기가 나직이 깔립니다. 방독면을 쓴 군인 아저씨들이 길바닥에 쓰러진 사람들을 트럭에 옮겨 싣습니다. 그때 어떤 녀석이 우리 아빠다! 아빠, 하고 소리칩니다. 녀석의 검지 끝에 누워 있던 사람이 벌떡 일어나 손을 흔들고 재빨리 바나나 껍질처럼 널브러집니다. 나 리틀보이가 꼬추를 만지작거리는 모습을 보면 엄지손가락을 치켜세우던 스쿨버스 운전사 털보 아저씨도 핸들에 머리를 박고 죽은 척을 합니다. 버스 앞 유리창은 지리 시간에 보았던 세계지도 모양으로 금이 쩍쩍 갈라져 있습니다. 나 리틀보이의 나라는 어디쯤일까요? 나 리틀보이의 꼬추처럼 너무 작아 보이지 않습니다. 라디오에선 데이트 약속 시간에 늦은 나 리틀보이의 막내 누나 하이힐처럼 높고 가는 목소리가 다급하게 흘러나옵니다. 살짝 열린 창문 틈새로 비릿한 피 냄새가 풍깁니다. 친구 녀석의 엄마가 또 메기를 맛있게 잡아먹나봅니다. 광장에 삐죽 솟은 시계탑의 시곗바늘은 자동차 바퀴에 깔려 죽은 이웃집 치와와마냥 뽀족하게 멈춘 채 굳어 있습니다. 건물 옥상 커다란 텔레비전에선 뉴스를 방영합니다. 국민 여러분, 오늘은 민방위 날입니다……라는 글자가 달팽이보다 느리게 기어갑니다. 달팽이가 겨우겨우 화면 끝으로 사라져갈 때 즈음 두번째 사이렌 소리가 울립니다. 깜짝 놀란 나 리틀보이는 바지 지퍼를 올립니다. 다행히 오늘 양배추 머리 짝꿍은 감기에 걸려 학교에 오지 않았습니다. 그 아이가 품에 들고 다니던 양배추 인형의 눈동자 같은 신호등이 반짝, 하고 깜빡이자 도로 위 차들이 쌩쌩 달리기 시작합니다. 어느새 하얀 연기는 사라지고 스쿨버스 창밖으로 주말 아침마다 재방송하는 만화영화 같은 낯익은 마을 풍경이 펼쳐집니다. 언제나처럼 과일가게 아줌마는 과일을 팔고 복권가게 할머니는 꾸벅꾸벅 졸고 스쿨버스 운전사 털보 아저씨는 멍청한 창작동요를 틀어 우리를 괴롭힙니다. 쨍쨍한 태양 아래 나 리틀보이는 스쿨버스를 타고 집으로 돌아옵니다.

*

　나 리틀보이는 지하방에서 삽니다. 나 리틀보이는 불 꺼진 지하계단을 따라 내려가며 스위치를 찾습니다. 캄캄한 바지 속에서 꼬추를 찾는 건 쉽지만, 스위치를 찾는 건 수학문제처럼 어렵습니다. 손끝엔 끈적끈적한 거미줄만 자꾸 묻어나옵니다. 나 리틀보이의 썩은 어금니처럼 냄새 나는 검은 벽을 더듬거릴수록 문득 나 리틀보이는 이 오래된 방공호가 조금씩 기억나기 시작합니다. 멀리서 휘파람 소리가 들립니다. 천장이 흔들, 흔들립니다. 콘크리트 조각들이 후드득 후드득 떨어집니다. 나 리틀보이가 호주머니에 넣고 깜빡한 초콜릿처럼 흐물흐물 불에 탄 가족사진이 보입니다. 나 리틀보이는 주섬주섬 바닥에 떨어진 썩은 비스킷을 주워 먹습니다. 배급이 끊긴 지 이미 오래입니다. 지하 방공호는 늪지처럼 매캐하고 습하고 더럽습니다. 늪지 속에서 나 리틀보이의 조그만 메기 한 마리가 꿈틀거립니다. 나 리틀보이는 늪지에 발을 담그고 앉아 메기를 만지작거립니다. 나 리틀보이가 메기를 쪼물쪼물 만지작거릴수록 자꾸만 기분이 좋아지는 메기가 쑥쑥 자라납니다. 쑥쑥! 방공호 천장을 뚫고 불뚝 튀어나온 메기가 쑥쑥 자라납니다. 쑥쑥! 구름 끝에 머리가 닿는 거인처럼 메기가 쑥쑥 자라납니다. 쑥쑥! 나 리틀보이가 사는 작은 마을과 쑥쑥! 작은 도시와 쑥쑥! 작은 나라를 뒤덮고 쑥쑥! 지구 밖까지 메기가 쑥쑥 자라납니다. 쑥쑥! 저 먼 우주 끝까지 메기가 쑥쑥 자라납니다. 쑥쑥! 빛보다 빠른 타임머신처럼 메기가 쑥쑥 자라납니다. 21세기 소년에서 20세기 소년에게로. 키가 쑥쑥! 자라는 메기에게. 나 리틀보이는 손을 흔들어 작별 인사를 합니다. 나 리틀보이의 메기야, 안녕히 잘 가!

*

나 리틀보이는 그때 죽었다.
거대한 폭음과 빛과 태풍과 열과 함께.[1]

1) 고형렬의 장시집 『리틀보이』 중에서.

알라딘과 코카콜라의 요정

어느 날 나는 알라딘 씨를 본 적이 있었다

불현듯 목이 말랐고 그럴 때, 시원한 코카콜라를 마셨다
움켜쥔 병을 살살 문지르면, 부글부글 끓어오르는 콜라의 요정들
재빨리 공기 중으로 사라지기 전, 소원을 한 모금 마셔버린 후
코카콜라의 마지막 일 퍼센트, 그 비밀 원료에 대하여 알아차린 날
세상은 바뀌었다
엉뚱하게도,
동물원을 탈출한 북극곰들이 편의점 앞
파라솔 아래 앉아서 신문을 읽고 있었는데
활짝 펴진 신문 밖으로 접혀 있던 알라딘 씨가 터번 위에 묻은
모래알을 툭툭 털며 걸어나오다가,
북극곰에게 엉덩이를 덥석 물리고
총탄 같은 이빨 자국을 털며 일어났지만
검정 선글라스를 쓴 사람들에게 붙잡혀
검정 차에 실린 채 도로 저편으로 사라져버렸다
먼 아리비아 폭격당한 고향마을을 떠나온
알라딘 씨가 남긴 것이라곤,

내리막길 따라 또르르 굴러가는 아직 뜨거운 몇 알의 탄피들
유언처럼 가물가물 연기를 내뱉고 있었다
화약 바람이 불고 가로수들이 떨궈내는 코카 잎,
매직 아이처럼 빙글빙글 어지럽기 만한 세상은
알라딘 씨가 꿈꾼 신기루일까
지난날 알라딘 씨가 낙타를 묶어뒀던
오아시스 대추야자나무의 그늘 속 어두운 비밀 한 가닥을
잘록한 허리 깊숙이 빨아들이던
콜라병이 우뚝 서 있었을까

알라딘 씨가 그리운 오늘, 하늘을 올려다보면
제트 양탄자 빠르게 날아가고 있었다

101

유령담배주식회사〔幽靈煙草株式會社〕

당신의 담뱃갑 속엔 없는 스물 한 개비째
마지막 담배를 피워본 적 있는가
나도 모르게 피워 문 담배 한 개비가
실체 없는 유령이라는 생각의 꼬리,
입에 문 유령담배에서 비행운(飛行雲) 한줄기 뻗어나간다
저 구름의 운구행렬 어딘가로 질질 끌려가고 있는데
초고속 제트기가 날아가는 하늘 아래
제3세계의 아이 둘,
타르와 니코틴이 나무 판잣집 귀퉁이에 기댄 채
담배를 피우고 있다
0.1밀리그램보다 가벼운 아이들의 영혼이
옹알옹알 빠져나가는
커피와 담배가 생각나는 나른한 오후

지구 반대편에선
흡연구역 안에 수용된 인간들을 연기로 구름으로 증발시키는 유령담배주식회사의 거대한 굴뚝이 보인다던데
유령은 벽을 통과해야 유령이라는 말씀,
나는 오늘도 초인간적인 유령담배회사의 주식 한 갑을 산 뒤

스물 한 개비째 유령담배를 피워 물며

구름 저편에서 떨어진 수상한

블랙박스를 해독하는 일은 오직 금연뿐!

그 뜬구름 잡는 소리를 말풍선 같은

연기 뭉치 속에 그려보는 것인데

유령담배는 지구 반대편까지 이어진 어느 사제 폭탄의 도화선인지도 모른다

> **경고: 건강을 해치는 담배**
>
> **그래도 피우시겠습니까?**

도로 위 유턴 금지표지판 같은 경고문을 무시한 채

유령은 막 내 몸속을 유턴하여 나로부터 빠져나가고 있다

103

사물의 편

너는 화성의 외계 생물체인지도 모른다

불시착한 행성의 인간들 틈에 쉬여 부유하며 살아간다 너는 사물의 편에 있다 특수부대의 스나이퍼처럼 사물과 한 몸이 된다

수족관 속 풍경은 네 핏줄을 타고 복제되어 흘러간다 너는 사물과 인간 사이에 오돌토돌 점자 같은 흡반으로 달라붙어 정보를 캐내는 중이다

간혹, 너를 알아보는 인간들을 너는 저격한다 철퍼덕 바닥에 쓰러진 검은 그림자 납치범이 인질 뒤에 숨어 있듯
네가 보낸 스파이가 인간들을 미행한다

너를 모방한 역사 속 흉내쟁이들도 있다 나폴레옹처럼 커다란 삼각모자를 쓴 오징어 같은 두족류(頭足類)들,

긴 두 가닥의 수염을 매단 영웅과
긴 두 다리로 직립한 최초의 아담
영원히 그들은 빛을 따라 유랑한다

너는 이곳의 행성을 이륙할 때면, 둥근 접시를 타고 우아하게 날아간다 불판 위에서 구워진 너의 검고 딱딱한 눈알을 안줏거리로
떼어먹던

네가 떠나온 붉은 화성(火星)이 테이블 위로 떠오른다

테이블 밑의 다리는 몇 개인가 너는 뼈 없는 인간들의 눈알 속에서 무중력의 물컹물컹한 우주를 붙잡고 흐느적거린다
너는 사물의 편에 매달린 여러 개의 다리 중,

위장된 하나다

마구(魔球)

— UFO

그대 반짝이는 별을 보거든,

이싱인(異星人)의 손은 야구 글러브처럼 자라났음을 떠올리자
날아가던 야구공이 공중 한가운데 멈춘 채 로댕의 생각하는 사람처럼
골똘히 미지를 생각하다 사라졌다

타석에 들어선 직립한 타자들이 허공을 보았다 외계에서 날아온 마구 앞에선 어떤 타자도 그 공을 칠 수 없고 캐치해낼 수 없다
태초에 인간은 우주 속을 부유하던 야구공!
엉덩이의 푸른 몽고반점이 인간의 탄생이 데드볼이었음을
우주로 타전한다

텅 빈 일요일 운동장에 모인 야구의 신자(信者)들이 미스터리 서클 같은 몸짓으로 사인을 주고받고
화성의 사막에선 거대한 야구방망이를 닮은 탱크의 포신을 향해 석기시대 원주민들이 돌을 던지고
외계의 테러리스트 혜성이 떨어진 운석공마다 인간의 여섯번째 손가락이 빨갛게 피어나고
스파크를 튀기며 대기권으로 슬라이딩하는 우주왕복선을,
관람하는 어느 기이한 야구장에서
나는 엉덩이 무거운 항성인 듯 앉아 열광한다

홈이 멀지 않았다

마구가 보여준 은밀한 세계가 포르노의 모자이크처럼 음모(陰謀)를 가린 채 날아오는 중이다

아우라가 불타오르는 별들의 투구법

자, 오늘 밤

외인구단이 지구를 침공하겠다는 선전포고를

마침내 수신했다

엉클 샘*의 고백

— I WANT YOU

화폐 속 인물들이 어느 날 모두 사라져버리자 돈은 무용지물이 되었다
사람들은 돈으로 코를 풀었고 노숙자들은 드럼통 안에 지폐를 태우며
밤을 지새우고 있었다 거리에 낙엽만큼이나 흔한 지폐들이 쌓여 있었다
마사회에선 경마장의 당첨자에게 배당금 대신 탄탄한 근육이 일품인
질 좋은 종마를 안겨주었다 카지노의 슬롯머신 안엔 구슬 대신
초콜릿이 가득 차서 잭팟이 터지자 새알 같은 초콜릿이 쏟아져나왔다
화폐 속에 짐승을 그려넣으면 어떨까? 라는 주제를 두고 시사 프로그램의
정치가들과 경제학자들 사이에 논쟁이 벌어졌지만 역시 인간을 그려넣는 것이
인간에게 유익하다는 주장이 우세했다 정부는 늘어가는 범죄와 암시장을
통제하고자 계엄령을 선포했고 배급이 시행되었다
그리고 전 국민을 상대로 한 새로운 화폐의 인물 도안 공모 결과
놀랍게도 내가 당선됐다는 통보를 받았다 내 이름은 엉클 샘!
일개 군납용 쇠고기 납품업자였다 곧 나는 조폐공사로 안내되었고
초호화 지하 백 층 호텔의 구십구번째 지하방에 머물면서
하루 세 번 세 시간씩 정자세로 앉아 화가들의 모델 역할을 해야만 했다
얼마 후 새 화폐가 시장에 유통되기 시작하자 졸지에 나는 영웅이 되었다
새 화폐 속엔 내 얼굴이 찬란하게 그려져 있었다
"귀하의 눈동자를 위쪽에 그려넣어 어디서 보든지,

보는 사람의 뒤를 주시하는 것처럼 보이게 했습니다."돈뭉치를 보듯
정부 관리는 내게 말했다 이제 나는 걸어다니는 돈! 살아 있는 돈!
돈의 상징인 엉클 샘이다 나는 어디를 가든지 얼굴만 보여주면
물건을 매매할 수 있었다 그러나 불행한 점은 나는 자그마치
구십구 번이나 납치를 당한 적이 있다는 사실이다 나를 납치한 자들은
나를 복제해서 위조지폐를 만들려고 했다 나는 절대적인 국가의 보호가 필요했다
이 모든 일은 지금으로부터 먼 과거에 벌어졌던 일들이다
나는 지금도 지하 구십구 층의 방에 머물면서 매일 밤 좌변기 속에서
역류하여 올라오는 훈민정음이라든가 미국 독립선언서를 건져올려야만 한다
그런데 도대체 지하 백 층엔 누가 사는 것일까?

* 제임스 몽고메리 플래그가 그린 〈1917년 제1차 세계대전 포스터〉에 등장한 인물.

야훼 יהוה

　　포클레인이 폐사한 가축들을 한가득 코에 담고 떠나던 날 밤. 사육사 아저씨는 술에 취해 있었네. 오오, 가엾은 우리의 술주정뱅이 붉은 코 사육사 아저씨 어둠을 틈타 축사에 불을 질렀네. 바보 같은 건초 더미에 불이 붙는 참나! 이런 제기랄, 하늘에서 비가 내렸지. 재수 옴 붙은 붉은 코 사육사 아저씨의 코털 한 가닥 삐죽, 삐져나와 비바람에 흔들리고 있었네. 우리의 붉은 코 사육사 아저씨는 임금님처럼 벌거벗기 시작했네. 고약한 유기농 생화학무기 고무장화를! 타임캡슐에나 처박힐 초록색 새마을 모자를! 어버버버…… 덜떨어진 아홉 살 소년 같은 멜빵 바지를! 모두 모두 홀라당! 벗어던졌지. 섹시하게 그리고 리드미컬하게. 죽은 새끼 쥐 같은 까만 성기를 달랑거리며, 뇌에 스펀지마냥 숭숭 구멍 뚫린 미친 소처럼 축사 안을 이리저리 뛰어다녔네. 오오, 가엾어라, 완전 미친 우리의 붉은 코 사육사 아저씨. 텅 빈 구유 속에 핏덩이 신생아 같은 똥도 누었네. 두루마리 화장지도 없이. 그러다 문득 붉은 코 사육사 아저씨는 보았네! 축사 지하로 연결된 작은 해치 뚜껑을! 오랄라, 신의 장난 같은 해치 뚜껑을 열고, 붉은 코 사육사 아저씨는 지하 깊은 곳으로 내려갔지. 놀랍게도 지하실엔 야훼가 살고 있었다네. 천장에서 희미하게 흔들리는 갓을 쓴 알전구 아래, 야훼는 할인매장 냉동식품 코너에 진열된 세계에서 가장 먹음직스러운 핑크빛 고깃덩어리 같았네. 지하실로 배달된 족발 보쌈인 양 야훼의 발목엔 상추 같은 푸른 녹이 낀 오래된 청동 족쇄가 채워져 있었지. 그 옆엔 또다른 청동 열쇠가 아귀(餓鬼)처럼 푸르스름하게 놓여 있었네. 유레카! 할리우드식 블랙 유머 앞에 맞닥뜨린 우리의 붉은 코 사육사 아저씨는 멍청하게도 호기심이 많았지. 열쇠를 주워들고 족쇄에 뚫린 구멍을 열심히 찾기 시작했네. 아귀가 맞지 않은 열쇠는 자꾸만 구멍으로부터 튕겨나왔네. 십자군 남편을 기다리던 그녀의 녹슨 정조대처럼. 아니네. 그녀가 우리의 어리석은 십자군 남편을 속였던 게지. 성지(聖地)는 동방의 예루살렘이 아니었지. 그녀가 정조대 속에 젖과 꿀이 흐르는 땅을 남편 몰래 숨겨놓았던 거지. 그러다 마침내 맞물린 자물쇠가 찰칵, 돌아갔을 때 야훼는 아귀처럼 거대한 붉은 입술을 열기 시작했네. 우우우…… 벌어진 틈 사이로 지하계단이 순식간에 빨려들어갔네. 뾰족한 지하실 모서리마저 둥근 공처럼 데굴데굴 틈 속으로 굴러들어갔네. 야훼는 모자이크처럼 봉인된 사타구니를 활짝 열었지. 뚜껑 열린 틈 속으로 지하실을 빠르게 흡수하기 시작했네. 겁에 질린 붉은 코 사육사 아저씨는 야훼로부터 달아났지. 지하계단도 갓을 쓴 알전구도 모서리도 없는 무(無) 속을, 붉은 코 사육사 아저씨는 달리고 또 달렸네. 야훼는 웅웅웅 성능 좋은 후버 진공청소기처럼 붉은 코 사육사 아저씨를 뒤쫓았지. 훌라훌라, 세상에서 가장 빠른 인디언처럼 달리던 우리의 붉은 코 사육사 아저씨. 순간. 무,언가에 걸려 철퍼덕 넘어졌네. 그것은 무 속에서 불쑥 창조된 돌부리! 돌부리로 진화한 조선무! 같은 생명이었네. 하얗게 질린 무 같은 표정으로 우리의 붉은 코 사육사 아저씨 "지저스 크라이스트!" 소리칠 틈도 없이. 야훼는 붉은 코 사육사 아저씨를 꾸역꾸역 삼켜버렸네. 그렇게 젤 라틴처럼 부드러운 야훼의 육질(肉質) 속으로 붉은 코 사육사 아저씨는 미끄러져들어갔네. 미끌미끌한 점액질과 뒤엉켜 꿈틀거릴수 록 붉은 코 사육사 아저씨는 조금 더…… 조금 더 깊이…… 삽입돼갔네. 오싹했겠지. 피가 거꾸로 솟는 기분이었겠지. 자꾸만 빳빳 해졌겠지. 우리의 붉은 코 사육사 아저씨는 팽창하는 우주를 오롯이 체험했네. 섹시하게. 리드미컬하게. 최후의 붉은 코를 삐죽 내 민 채. 틈 안으로 점점 빨려들어가던 사육사 아저씨는 무 속에서 우연히 돌부리와 마주쳤네. 그것은 미켈란젤로가 천지창조를 완성 하던 날 밤. 손가락을 밀어넣은 그녀의 구멍 속에서, 낯선 누군가의 또다른 손가락과 마주친 경이로운 충돌 같았지. 그렇게 붉은 코 와 돌부리 사이. 사육사와 야훼 사이. 자유무역협정 신화가 체결되었다네. 별들이 찬란히 흩뿌려진 밤하늘 저편 휘어져 흐르는 은하 수여! 펄럭이는 성조기여! 아멘.*

* 신의 장난대로 이루어졌나이다.

악(惡)의 축

─ 옴의 법칙

　　백만 송이의 장미와 백만번째의 키스를 보내고 싶은 당신에게. 지금부터는 '옴에 일생'에 관한 짧은 이야기입니다. **옴**은 생각하면 생각할수록 찌릿합니다. 내가 처음 **옴**이라는 친구를 알게 된 건 화장실 좌변기 위에 앉아 세상에서 가장 슬픈 눈물방울을 흘리며 울고 있을 때였습니다. 내가 마흔두번째 세상에서 가장 무거운 눈물방울을 흘리던 순간, **옴**은 내게로 왔습니다. 마치 한 알의 환한 백열전구처럼 **옴**은 내 머리 위에 고요히 떠 있었습니다. **옴**은 필라멘트처럼 가느다란 속눈썹을 파르르 떨며 태아처럼 둥글게 웅크린 채 저를 내려다보고 있었죠. 그렇습니다. 그 순간 **옴** 역시 울고 있었습니다. 화장실 좌변기 위의 나와 내 머리 위의 **옴**, 우린 둘 다 울고 있었습니다. 그때 우리 둘은 모종의 계약을 맺었습니다. 나는 손가락을 뻗어 **옴**의 손가락과 마주쳤습니다. **옴**과 나는 저항하기로 했습니다. 신에 대하여, 번개에 대하여, 전기에 대하여, 나는 무명(無明)시인의 자존심을 걸고 **옴**은 220볼트의 자존심을 걸고 말입니다. 우리의 첫번째 저항 대상은 부끄럽게도 한국전력공사(韓國電力公社)였습니다. 나는 한국전력공사에 저항하는 가장 첫번째 방법으로 '전기요금미납' 방법을 채택했습니다. 그것은 비교적 간단한 방법이었습니다. 전업 시인으로 몇 개월가량을 살면 되는 문제였으니까요. 그렇습니다. 나는 전업 시인으로 몇 개월간을 살았습니다. 그랬더니 가장 먼저 전기가 끊기지 않겠습니까? 그것은 놀라운 일이었죠! 형광등이 깜빡, 깜빡거리던 어느 날 초인종이 울려서 현관문을 열어보았더니, 송전탑만한 커다란 거인이 문 앞에 우뚝 서 있었습니다. 대단했습니다. 거인 앞에 선 나는 그의 새끼발가락보다도 작았으니까요. 거인은 뭐랄까 라디오에서 흘러나오는 고주파 같은 목소리로 "오⋯늘까지⋯전⋯기요금⋯을⋯납부⋯하지⋯않으⋯면⋯단전(斷電)하겠⋯습니⋯다"라고 더듬더듬 말했습니다. 놀랍게도 그 거인은 한국전력공사 직원이었습니다. 거인이 말할 때마다 웅얼거리던 입술 밖으로 스파크가 파지직, 튀곤 했습니다. 그 거인에게는 송전탑만한 위엄이 있었고 '고압전류조심'이라는 경고문구 같은 아우라가 있었습니다. 나는 새삼 저 송전탑만한 직원이 득실거리는 한국전력공사와 싸워야 한다는 생각에 전기로 샤워를 하는 듯한 두려움에 젖어버렸습니다. 그날 밤 전기는 끊겼습니다. 전기가 끊긴 어두컴컴한 방 안에 앉아 있으니까 꼭 거인의 뱃속에 들어가 있는 기분 같았습니다. '눈앞이 캄캄하다'라는 말을 그야말로 실감할 수 있었죠. **옴**과 내가 태어났을 때는 이미 자연광(自然光)의 시대가 지나가버린 후였습니다. 우리는 언제나 네온사인처럼 이미지로만 존재하고 있었죠. 에이 포 한 장의 두께 같은 이미지로 살아간다는 건 정말이지 끔찍한 일이었습니다. 전기가 끊기던 그날, 내 곁엔 더이상 **옴**은 존재하지 않았습니다. 나는 불 꺼진 전구 알을 들고 어찌할 바를 몰랐습니다. 차갑게 식은 전구 알을 손에 꼭 감싸 쥐고 어둠 속에 웅크리고 있으니까 자꾸 눈물이 났습니다. 세상에서 가장 캄캄한 눈물방울은 우주처럼 춥고 광활해서 독한 감기몸살처럼 부들부들 외로웠습니다. 부끄럽지만 나는 옷장 속에 숨겨두었던 옷을 꺼내기로 마음먹었습니다. 다시는 입지 않겠다고 맹세했던 옷이었죠. 바로 한 벌의 토끼가죽이었습니다. 하얗고 하얀 토끼가죽 옷, 엉덩이에 둥근 눈송이 같은 꼬리가 달린 토끼가죽 옷, 세상에서 가장 부끄러운 토끼가죽 옷, 그날 밤 토끼가죽 옷을 입은 채 나는 높은 송전탑 꼭대기로 기어올라갔습니다. 송전탑 꼭대기에서 불 꺼진 전구 알을 머리 위에 둥지처럼 올려놓은 채 밤하늘을 올려다보았습니다. 토끼처럼 두 손을 곱게 가슴에 모으고 말입니다. 그랬더니 밤하늘 한가운데 정확히 말해서 나로부터 삼십팔만 킬로미터 떨어진 그곳 우주 저편에 거대하고 환한 달 하나가, 오롯이 빛나고 있었습니다. 송전탑 꼭대기엔 토끼가죽 옷을 입은 내가 있었고 내 머리 위에 불 꺼진 전구 알이 새알처럼 잠들어 있었고 그리고 거대한 자연광인 달이 그 모든 것을 비추며 오롯이 빛나고 있었습니다. 나는 토끼처럼 붉게 눈시울이 젖어들었습니다. 달 또한 수십억 년째 전기 요금을 미납하고 있었다는 사실을 나는 비로소 깨달을 수 있었습니다. 그날 한국전력공사에 저항하는 또 하나의 **옴**, 달이 내게로 왔습니다. 며칠이 지났습니다. 나는 여전히 '**옴**의 제 1법칙'을 준수하며 성실히 시를 쓰며 살아가고 있습니다. 배가 고파 라면을 먹으려고 가스레인지 불을 켰습니다. 냄비 속의 물이 부글부글 끓어오를 때즈음 초인종이 울렸습니다. 나는 현관문을 열었습니다. 그랬더니 온몸이 태양처럼 뜨겁게 불타오르는 사내가 문 앞에 서 있었습니다. 다름 아닌 한국가스공사 직원이었습니다. 오늘은 가스가 끊기겠습니다.

알파와 오메가
— 죄와 벌

　　살인마 알파와 오메가는 샴쌍둥이였다 뱀의 갈라진 혀 같았다 알파는 오메가에게 뱀의 혀처럼 갈라진 목소리로 물었다 오메가야, 어젯밤 한 여자가 살해당했어 시계탑에 사는 꼽추가 사랑했던 아름다운 처녀였지 오, 불쌍한 꼽추는 마을 광장으로 끌려나와 몽둥이를 든 마을 사람들에서 매를 맞았지 꼽추의 등에 달린 혹 덩어리가 노을처럼 붉게 물들었어 그런데 오메가야, 어젯밤 너는 나를 업고 어디를 다녀온 거니? 우리의 두 발엔 흙이 묻어 있더구나 오메가가 대답했다 알파야, 너는 어젯밤 내 등에 기댄 채『죄와 벌』을 읽다가 잠들었지 나는 너를 죄처럼 짊어졌어 그것은 나의 벌이기도 했지 우리는 지독한 몽유병을 앓고 있어 너는 잠들었고 나는 꿈을 꾸었지 우리가 오래전 잃어버린 다리들 그것은 뱀 같은 꿈이라네 밤마다 우리의 두 다리는 어디로 달아나는 것일까? 알파야, 비밀 이야기 하나 해줄까 너는 이미 죽어버렸네 알파야, 나는 죽은 너를 업고 다녔어 꼽추 같은 삶이었지 알파야, 너의 무덤만은 내 등 위에 아직 살아 숨 쉬고 있다네 알파가 물었다 오메가야, 우리의 영혼은 하나인가 둘인가 알 수 없지 천국과 지옥에서 우리는 영원히 갈라질 수 있을까 오메가야, 이제 그만 죽은 나를 깊은 바닥으로 내려놓으렴

오메가의 최후

1

오메가는 폭식의 나날 속에서 팽창했다 식탁 위에 앉아 자동기술법처럼 멈추지 않고 음식을 먹어치웠다 오메가의 음식 씹는 소리는 성가대의 할렐루야 찬송만큼 환희로 넘쳐흘렀다 티브이 홀로 번쩍번쩍 빛을 내는 오메가의 성스러운 방,

벽은 온통 위액으로 미끈거렸고 칼로리가 부글부글 끓어오르는 오메가의 몸은 거대한 태양 같았다 늪지의 안개가 피어오르듯 오메가의 방 안은 수증기와 악취로 가득했다 점점 비대해지는 오메가의 살 덩어리는 세상에서 가장 커다란 고기 완자처럼 둥글게 둥글게 진화해갔다 머리와 팔다리가 비계의 지층 속으로 화석이 되어 사라져갔다 몸의 형상이 완벽한 하나의 원이 되어갈수록

오메가의 혀는 맛을 잃어갔다
둥근 접시를 닮은 혓바닥의 미각이 조금씩 바닥났다
세상의 모든 맛이 혀끝에서 사라지던 날,
오메가는 식탁 모서리 끝에 절대 고독처럼 서 있던
포크 하나를 발견했다

2

마치 척추처럼 오메가를 지탱하던 포크를 본 순간 오메가는 식탁 밖의 세상으로 튕겨져나왔다 오메가는 맛의 끝을 찾아 세상을 떠돌아다녔다 전자레인지보다 뜨거운 태양 아래 사막을 걸었다 온몸의 지방이 흐물흐물 녹아내렸다 오메가의 원이 피자 조각마냥 해체되어갔다 신기루 같은 수족들이 뽀드득 원형의 몸 밖으로 돋아나기 시작했다 둥근 돌 속에 조각상이 숨어 있듯

115

오메가는 잃어버린 팔다리를 하나둘 되찾아갔다

불완전한 인간의 모습으로 되돌아갈수록

오메가는 고독했다

오메가는 적도를 지나 북극으로 향했다 오메가의 육중한 몸무게로 지구의 자전축이 1도가량 더 기울었지만 오메가가 조금씩 인간의 모습을 되찾자, 다시 원래의 기울기로 되돌아왔다 극점에 가까울수록 오메가는 혓바닥의 미각이 신선하게 되살아나는 걸 느낄 수 있었다 눈보라 속에서, 빙하 위에서, 북극성 아래서, 고독해질수록 혓바닥의 돌기가 소름으로 돋아났다 맛의 끝이 통점이었다는 걸 깨닫기 시작할 무렵 오메가는 온전한 인간의 모습을 되찾았다 오메가의 발밑에서 마지막 엄지발가락이 툭 돋아나던 지점이 오메가가 그토록 찾아 헤매던 극점이었다

   3

오메가는 극점 위에 절대고독인 한 자루의 포크처럼 서 있었다

밤하늘 저편에서 최후의 만찬을 예비하는 식탁보인 양 오로라가 일렁였다 극점 위에서, 오메가는 하늘을 향해 입을 벌린 채 숭고한 환상을 보았다 공중에서 성스러운 삼위일체 햄버거, 콜라, 포테이토가

오메가를 향해 천천히 강림하고 계셨다

최후의 인간(The Omega Man)
— 변의수 시인에게

*

서기 2011년 거대하고 아름다운 버섯구름이 지구 반대편에서 피어오른다. 지구는 마치 뜨거운 전구 알처럼 환하게 불이 켜졌고, 유리구 속엔 하늘도 땅도 언덕도 벽도 집도 없었다.

핵폭발(Ω) 후
오로지 한 인간만이 살아남는다. 태양처럼 홀로 빛나는 존재, 그는 최후의 인간, 그는 최후의 시인, 그는 오메가 맨이다.

*

오메가 맨은 사막 한가운데 홀로 서 있다. 그곳엔 삼각형의 피라미드가 한 치의 흔들림도 없는 상징으로 남아 있다. 오메가 맨은 상징의 피라미드 아래서 잠이 든다. 시간은 움직였으며 밤이 온다.

달빛 속에서
사막은 사라지고
피라미드는 숲으로 변한다.

오메가 맨은 안개의 숲속에서 이윽고 잠에서 깬다. 오메가 맨의 머리맡에 바위 하나가 놓여 있다. 바위는 사각형이고, 어쩌면 피라미드에서 굴러떨어진 것인지도 모른다. 오메가 맨은 몸을 웅크리기 시작한다. 그러자, 희미한 사각형이 드러나기 시작한다.

*

오메가 맨은 거대한 짐승의 발밑에서 눈을 뜬다. 사막의 끝에서 오메가 맨은 스핑크스와 조우한다. 그 거대한 상징의 짐승 속으로, 오메가 맨은 걸어들어간다.

오메가 맨은
사막의 밤하늘 위로
광활한 우주가
소용돌이치며
회전하는 것을 본다.

*

검은 태양이 사막 한가운데 떠오른다. 핵폭발 후 첫번째 날처럼 지구의 하늘은 캄캄하다. 검은 태양은 차원의 눈동자처럼 또다른 세계를 보여준다. 어둠 속에 빛이 있다. 오메가 맨은 어둠조차 눈부셔 손바닥으로 검은 태양을 가린다. 빛과 그림자를 읽어내는 다섯 개의 날카로운 손가락들은 검은 태양을 점자책을 읽듯 더듬거린다.

오메가 맨은 일식이 보여주는 장엄한 상징을 부끄러움 없이 온몸으로 받아들인다. 그러자 어둠 속에서 울부짖던 사물들의 울음소리가 들려온다. 사막이란 모래 상자 속에 봉인된 상징이 깨어나고 있는 것이다.

오메가 맨의 손끝
상징의 수레바퀴가
구르기 시작한다.

오메가 맨은 수레바퀴를 움켜쥔다. 그리고 다시 주먹을 펼치자, 손바닥 위의 수레바퀴가 상징을 회전시키고 있다. 상징의 수레바퀴 속에서 우주는 움직이고 있다. 그것은 과거도 미래도 아니다.

구른다, 라는 사실만이 태양처럼 홀로 존재할 뿐.

그것은 인류 최후의 발견이다.

*

핵폭발 후의 지구는 아름답다. 더이상 하늘도 땅도 언덕도 벽도 집도 없다. 오메가 맨 홀로 존재한다. 최후의 인간은 최후의 시인이 되어야 한다. 이제 오메가 맨은 검은 태양 속으로 걸어들어간다.

검은 태양 속의 앵무새,

우리는 그를 **오메가 맨**이라 부른다.

암스트롱의 지포라이터

　　아폴로! 내 헐렁한 호주머니 속엔 무한히 팽창하는 검은 우주가 있다네 금박을 씌운 우주선처럼 깊숙한 우주 먼지를 뚫고 지포라이터는 날아간다네 우주는 춥고 빠르게 찔러넣은 내 주먹은 운석마냥 울퉁불퉁하다네 지포라이터를 불끈 쥔 주먹을 당신의 턱을 향해 날렸을 때 지포라이터는 달 표면에 착륙했다네 커다란 훈장인 양 호주머니를 가슴에 단 캥거루 같은 뜀박질은 폭력적이네 당신의 얼굴이었을까 위대한 발자국이 낙인처럼 찍힌 저 달 속에서 성조기는 지구 밖 최초의 식물처럼 뿌리를 내렸다네 우주에서 들려오는 지포라이터 뚜껑 열리는 소리에 맞춰 딸깍, 티브이 채널이 돌아갔다네 지구의 인간들이 불구경을 하듯 티브이 앞에 모여 흑백 화면 속 우뚝 서 있는 지포라이터를 지켜보았다네 영웅이란 색을 알 수 없는 흑백이었다네 흑백의 불꽃이었네 달의 분화구는 무수한 영웅들이 파놓은 무덤이었는지 나는 모른다네 당신에게 결코 보여주지 않았던 달의 뒤통수를 긁적일 뿐 그 후로 미스터리처럼 달에 홀로 남겨진 지포라이터는 밤이 오면 지구를 향해 뚜껑 열리는 발광체가 되었다네 **아폴로! 1969년 7월 20일 암스트롱은 달에 가지 않았다네**

세계화장실협회(世界化粧室協會)*
— 검은 테이프 속의 목소리

　　동물의 뒷다리 같은 좌변기 위에 당신은 앉아 있다 좌변기 위에 앉은, 당신의 목이 길어진다 당신은 화장실 창문 밖을 굽어본다 아프리카 평원 위에 나무 한 그루, 뒷다리처럼 후드득 돋아난다 기린들이 나무에 목을 걸고 잎사귀를 따먹고 있다 푸른 잎사귀 같은 발목이 허공에 매달려 있다 기린의 얼룩무늬 혀가 잎사귀를 날름, 따 먹는다 얼룩무늬 군복을 입은 아프리카 소년병들이 얼룩말처럼 평원 위로 우르르, 쏟아져나온다 소총을 앞세운 아프리카 소년병들이 코뿔소처럼 평원 위를 우르르, 달린다 마스코트 인형 같은 아프리카 동물들 그 털가죽을 뒤집어쓴 배후는 누구인가 당신은 타잔처럼 팬티를 입는다 팬티를 입은 타잔은 문명인이다 당신은 좌변기에 고였다가 증발한 한 방울의 엉덩이를 뒤쫓아, 누군가 빠져나간 텅 빈 외투 속으로 들어간다 외투 속에서 당신은 밀렵꾼의 천막 안을 들여다본다 탁자 위에 축축한 밀림처럼 땀에 젖은 사파리 모자, 놓여 있다 모자 위를 떠도는 메스와 가위, 마술 주문 같은 누군가의 손과 손짓, 막 내린 무대 뒤편의 공기처럼 숨 막히는 외투 한 벌, 옷장 문이 열리자 외투는 최초의 인간인 양 알몸으로 터벅터벅 걸어나온다 아프리카는 옷장 속에도 있다 물먹는 하마도 있다 영양 같은 발목으로 뛰어다니는 아프리카 소년병들, 야생동물의 살점처럼 질긴 내전(內戰), 나프탈렌처럼 사라지는 부족들, 평원 위를 달리던 아프리카 소년병들은 발목을 움켜쥔 채 물처럼 엎질러진다 태양은 증발시킨다 아프리카 평원 위에 나무 한 그루, 잘려나간 소년병들의 발목이 푸른 잎사귀로 매달린다 기린은 평화롭게 잎사귀를 날름, 따먹는다 당신은 기린의 목처럼 자꾸만 길어지는 에스컬레이터 위를 달리고 있다

　　* "세상의 모든 변기 속에는 비밀 파이프가 있다. 당신이 밀봉한 비밀을 변기 속에 넣고 물을 내리면, 또다른 비밀 회원은 변기 속에서 역류하여 올라오는 비밀을 건져낼 수 있다. 당신도 세계화장실협회의 비밀 회원인지 모른다. 혹시 당신은 아프리카를 기억하는가?"
　　— 변기에서 건져올린 「테이프 속의 목소리」 중에서.

내 친구의 부대는 어디인가

　　내 친구는 군대 가기 싫어서 하루 종일 통조림만 먹었다 우적우적 먹고 또 먹어서 뚱뚱한 참다랑어처럼 잔뜩 배가 불렀다 입영통지서가 날아오던 날 마침내 내 친구는 사라졌다 식탁 위 고요한 통조림 하나 달랑 남겨두었다 내 친구의 부대는 어디인가 나는 궁금한 마음으로 훈련병의 편지를 뜯어보듯 통조림의 뚜껑을 서걱서걱 잘라내었다 뻥 입 뚫린 통조림 속에는 국방색 모포 같은 새벽이 들어 있었다 훅 땀 냄새가 풍겼다 소금에 절여진 내 친구의 군가 소리가 짜디짜게 울렸다 사방이 철책으로 둘러싸인 밀봉의 연병장에서 완전무장 구보를 하는 내 친구가 있었다 손에 들린 소총의 총구만을 뚫어져라 바라보는 내 친구의 눈빛, 캄캄한 물음을 둥글게 가둔 저 진공 상태의 눈빛, 생선 눈깔! 나는 그만 통조림을 닫아버렸다 뻥 입 뚫린 통조림의 이야기를 막아버렸다 담배를 사러 편의점에 갔다 그곳에서 나는 보았다 행군하는 병사들처럼 줄지어 서 있는 통조림들을 보았다 서로 다른 통조림 속마다 어린이 같은 병사들의 편지가 신선하게 들어 있었다 어떤 통조림 속에선 누군가의 잘려나간 검지 하나가 까딱까딱 깡통을 두들기기도 했다 나는 몇 개의 통조림을 샀다 새벽의 거리를 지나는 동안 통조림들은 비닐봉투 안에 담겨 달그락거렸다 그 둔탁한 이야기를 아무도 들으려 하지 않았다 뻥 입 뚫린 통조림은 식사 내내 말이 없다

최종병기시인훈련소(最終兵器詩人訓鍊所)

*

　마치 홍당무 앞에 선 당나귀 같은 마음으로 비밀 이야기를 시작하고 싶다.

　사실 나는 **최종병기시인훈련소**에서 시 창작훈련을 받는 훈련병이다. **최종병기시인훈련소**에 소속된 훈련병들은 모두 다 시인들이다. 그들과 나는 인간이 만든 최종병기가 '시인'이어야 한다는 사실에 뜻을 같이한다. 지상의 모든 강철무기들과 생화학무기 그리고 절대적인 핵무기를 초월하기 위하여, 우리 훈련병들은 하루하루 강도 높은 훈련을 견뎌내고 있다. **최종병기시인훈련소** 제1조항을 살펴보면 '시인은 인간 최후의 병기다'라고 명시되어 있다. 간단한 예를 하나 들자면, 우리 **최종병기시인훈련소**의 병기고 안에는 탄약과 포탄 대신 시집이 빼곡히 들어차 있다.

최종병기시인훈련소를 창립한 사람은 훈련단장이다. 그는 해병대 훈련병 시절, 직접 몸으로 겪은 해병대를 벤치마킹하여 지금의 **최종병기시인훈련소**를 설립했다. 우리 **최종병기시인훈련소**의 훈련병들은 최종병기시인으로 다시 태어나는 그날까지, 눈이 오나 비가 오나 혹독한 훈련을 통해 심신을 단련하는 중이다. **최종병기시인훈련소** 기상 나팔이 울리면, 연병장에 모인 우리 훈련병들은 세상의 중심에서 전방을 향해 외친다.

"무기여 오라!"

*

최종병기시인훈련소 입구에는 다음과 같은 표어가 붉은 바탕색에 노랑 글씨로 커다랗게 씌어 있다.

> **인간개조의 용광로 최종병기시인훈련소**

바로, 저렇게 씌어 있다.

이 표어를 처음 본 보통 사람이라면 용광로처럼 얼굴이 낯뜨거워질 수 있다. 무언가 봐서는 안 될 것을 본 것 같은 혐오감을 불러일으킬 수도 있다. 그러나 우리 최종병기시인훈련소의 표어는 담뱃갑 속의 경고문구처럼 정치적이지도 않고, 광고 카피처럼 은밀하지도 않다. **최종병기시인훈련소**의 표어를 편견 없는 마음으로 다시 한번, 바라보자. 어린아이 얼굴처럼 얼마나 순수한 비유인가. 매일 아침 훈련병들은 이 표어를 바라보며 기교 없는 정직한 비유를 배운다.

최종병기시인훈련소에 들어서면 우선 "악"이라는 개 짖는 듯한 소리가 사방에서 들려올 것이다. **최종병기시인훈련소**에서는 "악" 외에 다른 말은 없다. 그곳에서는 "네"도 "악", "사랑해요"도 "악", "배고파요"도 "악"이다. 한마디로, "악" 한마디로 모든 의사소통을 꿈꾸는 시인공화국이다. "악"을 반복해서 듣고 말하다보면, 그 소리의 역사와 전통을 깨닫게 된다. 악을 외칠 때 인간의 퇴화중인 턱 근육은 비로소 꿈틀꿈틀 살아 움직이고, 우리는 우리가 수백만 년 전에 잃어버렸던 야생의 언어를 마침내 기억해낼 수 있는 것이다.

최종병기시인훈련소에서는 기초체력훈련을 가장 중요하게 생각한다. 동 트기 전에 기상한 시인들은 방독면을 뒤집어쓴 채 아침 구 보를 시작한다. 꽃병처럼 가만히 앉아 있어도 숨 쉬기 힘든 방독면이지만, 우리 **최종병기시인훈련소** 훈련병들에게 방독면이란,

신선한 핀란드산(産) 자작나무 숲속 바람 같은

산소마스크와 별반 다르지 않다.
방독면 구보가 끝나면, 연병장에 모인 훈련병들은 1미터가량 되는 거대한 만년필을 들고 소총 16개 동작과 총검술을 실시한다. '펜 은 무기다'라는 말을 실감하려면, 역시 펜을 무기처럼 사용해봐야 한다는 사실을 **최종병기시인훈련소**의 훈련병들은 잘 알고 있다. 아침 으로는 삶은 달걀 흰자와 닭 가슴살을, 식후엔 우유에 단백질 보충제 메가맥스를 타 마신다. 체력은 곧 '시힘'이기 때문이다. 또한, 행 군할 때 훈련병들의 완전무장 속에는 언제나 '세계문학전집 전 100세트 양장본'이 모두 들어 있어야 한다. 우리 훈련병들은 책이 지 닌 삶의 무게를 고스란히 느끼기 위해 절대 요령을 피우지 않는다. 최종병기시인이 되기 위한 길은 책의 길이며 그 책의 길을 "악"이 라는 외마디로 묵묵히 걸어가고자, 오늘도 훈련병들은 완전무장 행군을 한다.

*

최종병기시인훈련소의 화생방훈련은 혹독하기로 유명하다. 화생방훈련장에 투입된 훈련병들은 몸속에 물이란 물은 모두, 눈과 코와 입으로 펑펑 쏟아져나오는 '대홍수의 참사'를 겪게 된다. 화생방훈련장에서 질질 기어나오는 순간, 마지막 물 한 방울까지 비틀어 짜 낸 걸레 같은 기분이 들 때 정말로 우리는 깨끗해질 수 있다. 그러므로 한 권의 시집이 화생방훈련장 같아야지만 시인은 '최종병기시

인'으로 다시 태어날 수 있다. 인간은 울면서 태어나기 때문이다.

　최종병기시인이 되는 데 필요한 능력 중의 하나는 위장술이다. 뛰어난 저격수가 되려면 사물의 배후에 그림자처럼 잠입할 줄 알아야 한다. 최종병기시인은 사물의 편에 있다. 이를테면 훈련교관이 매미! 하면, 나무에 매달려 맴맴 울어대는 우리 훈련병들. 그 순간 자신이 매미라는 사실을 절대 의심하지 않는다(어떤 훈련병은 땅속에서 7년 동안 매미 유충으로 지낸 적도 있다고 한다). 최종병기시인은 인간이란 허물을 언제든 탈피할 수 있어야 하므로 살아 있는 유령이어야 한다. 보이지 않는 적만큼 위험한 것은 없다.

　최종병기시인의 초월대상 목표는 바로 핵이다. 핵폭발로 피어나는 거대한 버섯구름을 최종병기시인은 '웃음버섯'으로 바꿀 수 있어야 한다.

　'웃음버섯'이란 환각버섯의 일종으로 먹으면 신경을 자극하여 웃음이 나오는 증상이 나타난다. 위험성은 없다. 신경 계통에 작용하므로 이상한 흥분 상태가 되어 기분이 좋아지고 웃고 노래하는 등 약간 정신이상 상태를 보일 뿐이다. 생명에는 별다른 지장이 없고 하루쯤 지나면 완전히 회복되며 그밖에 다른 부작용이 없으므로 무서운 독버섯은 아니다.

　웃음은 어떤 '핵'을 건드리기만 하면 정신없이 터져나오기 마련이다. 그러나 그 핵을 잘못 건드리면, 세상은 일순간 정지되므로 조심하도록 하자. 이를테면 아래의 리틀보이처럼 말이다.

**　핵폭탄 '리틀보이'가 히로시마에 투하되기 직전, 히로시마의 하늘은 유난히 맑았고 여느 때처럼 매미들이 시끄럽게 울어대는 여름날이었다. 하늘에서 떨어지던 '리틀보이'의 뇌관이 딸각, 움직이던 찰나! 정확히 핵이 폭발한 그 시각에 시침과 초침 그리고 사람들, 히로시마의 모든 것들이 다 멈췄다.**

**　최종병기시인훈련소** 훈련병들이 위와 같은 최악의 상황을 피하기 위해선, 겨드랑이 속에서 간질간질 피어나는 '웃음버섯'을 재배할 수 있는 감각을 길러야 한다. '웃음버섯'이야말로 진정한 핵우산을 펼칠 수 있는 유일한 방어무기다.

우리 **최종병기시인훈련소**의 훈련병들이 절대적으로 믿는 말이 있다.

'바야흐로 철의 시대는 지나갔다'라는 말이다. 훈련병들은 병기유(油)로 무기를 닦지 않는다. 무기를 닦기 위해 기름이 나는 땅을 폭격하는 비생산적인 일을 우리는 하지 않는다. 대신 우리는 총에 물을 준다. 방아쇠를 당겼을 때 총구 속에서 피어나는 한 송이 장미,를 위해 우리는 매일 밤 총구 속에 졸졸졸 물을 주고 잠자리에 든다. 돌에 푸른 이끼가 달라붙는다면 철에는 붉은 녹이 달라붙는다. 붉은 녹은 철을 부식시키고 마침내 붉은 장미로 피어난다. 불법무기자진신고제 날, 준법의식이 투철했던 한 훈련병은 장미 한 다발을 품에 안고 경찰서를 찾아가기도 했다. 그는 공무집행방해죄로 현장에서 체포되었다.

*

우리 **최종병기시인훈련소**의 시인들은 죽어서 지옥에 가지 않는다. 왜냐하면, 지옥에서 살아 돌아왔기 때문이다. **최종병기시인훈련소**에서 시인을 죽일 수 없는 훈련은 시인을 더욱 강하게 만든다. **최종병기시인훈련소**에서는 오직 강한 시인만이 살아남는다.

개가 두 마리 모이면 호랑이도 물어 죽인다.

<最종병기시인의 긍지>

　　나는 최종병기시인훈련소의 일원으로써 선봉군임을 자랑한다.

하나.　나는 찬란한 최종병기시인정신을 이어받은 무적시인이다.

　둘.　나는 불가능을 모르는 전천후 시인이다.

　셋.　나는 책임을 완수하는 충성스런 시인이다.

　넷.　나는 독자에게 신뢰받는 정예 시인이다.

다섯.　나는 한 번 시인이면 영원한 시인이다.

*

〔병영일지, 2005년 6월 19일, 41쪽〕

최전방감시초소(最前方監視哨所)에 땅거미가 진다. — 불가사리, 그것은 거대한 생명체처럼 땅 끝을 기어가고 있었다. — 이윽고 밤이 깊어진다. 나는 당직완장을 한쪽 팔에 차고 근무자를 깨우러 간다. 불 꺼진 내무실에서 소대원들이 두 손을 가슴에 얹고 입을 벌린 채 조용히 잠들어 있다. 나는 건전지가 다 닳아가는 손전등을 꺼낸다. 구석진 곳을 비추자, 한 그림자가 침상 위에 앉아 있다. 나는 천천히 그림자를 비춘다. 손전등이 깜빡깜빡 그림자를 비출 때마다

그는
소총에 비스듬히 기댄 채
우두커니
앉아 있을 뿐이다.

어디선가, 캄캄한 지하수 흐르는 소리가 들려왔다.

129

4부

총(銃)과 장미

축구

병실 창밖엔 비가 내립니다

　나는 아버지와 축구를 합니다 슛이 날아올 때마다 쾅쾅쾅 사정없이 번개가 칩니다 공사판 목수였던 아버지, 나무 속에 박히다 만 못처럼 병원 침대에 구부러져 있습니다 복수 찬 배를 품은 아버지의 모습은 둥근 축구공을 끌어안은 골키퍼 같았습니다 나이스 캐치 입니다 회전하며 날아가던 축구공, 눈물이 핑 돕니다 시합이 거세질수록 장대비는 쏟아붓고 그라운드는 암세포가 전이된 아버지 뼛속처럼 여기저기 축구화 스파이크에 짓눌린 구멍만 숭숭 늘어갑니다 혹시 오늘은 빗맞은 망치질이었을까요 아버지의 구부러진 등골 위로 잘려나간 푸른 잔디가 풀풀 날립니다 그것은 싸늘한 통증 같은 푸른 불꽃이었습니다 아버지는 그라운드에 그대로 누워버렸습니다 하얀 옷의 심판은 아버지의 반쯤 풀린 눈을 향해서 노란 손전등을 꺼냈습니다 나는 고래고래 소리를 지릅니다 차라리, 내게 망치를 주세요! 라고 말입니다 박히다만 못을 쭉 뽑아내고 싶었습니다 수중전 경기가 한창인 휴일이었습니다 죽은 목숨 같은 오프사이드 선이 전광판을 가로질렀습니다 그 순간 어디선가 들려오는 호루라기 소리! 나보다 먼저 그라운드를 뒹굴며,

　울고 있었습니다

132

나의 투쟁
— 컨베이어벨트

아버지는 정말 유태인이었나

독일 나치당원이 유태인에게 채운 표지처럼
한쪽 팔에 완장을 차고서야 알았다
장례식장에서 피어오르는 향이
아우슈비츠의 독가스 같다는 것을,

새벽녘 장례식장 밖 세상의 모든 공장들이 전자레인지 불꽃만큼 소리 소문 없이 뜨거워지네 삼교대 돌아가며 야근하는 공원들의 어깨가 롤러만큼 자꾸만 둥글어지네 검은 밤이 컨베이어벨트같이 흐르네 화장터의 굴뚝은 점령당한 파리의 에펠탑보다 높았을까 한 삽의 석탄처럼 불길 속에 아버지를 던져넣는 가혹한 노동이여 삼 일 밤을 샌 나의 투쟁이여 나는 코피를 흘리네 야근하는 외국인 노동자처럼 혹은 수용소 낡은 침대 위의 고요한 유태인처럼 코피를 흘리네 뚝뚝, 떨어지는 코피는 고체이면서 액체인 환한 액정화면!

컨베이어벨트 위를 떠도는
바코드 찍힌 유골단지들
어느새 나는 그 옆에 앉아 나사를 조인다
나치지구에 수용된 채 포로로 일하던
아버지의 노동을 지탱하던 허리띠 같은
컨베이어벨트

장례식장—아우슈비츠의 대량학살 속,

아버지는 정말 유태인이었나?

나와 나의 양(羊)

　양털깎기대회에 참가하기 위해 화장터에 갔다 화장터 굴뚝 위로 양털구름이 피어올랐다 화장터 울타리 문 앞에 서서 초인종을 누르자, 스피커에서 당신은 양처럼 웁니까? 라는 목소리가 들렸다 나는 스피커 구멍에 대고 양처럼 울었다 양처럼 울면 양은 내게로 온다

　화장터 문이 메에, 하고 열렸다 화장터 안은 하얀 안개로 가득 차 있었다 참가자들은 자신의 양을 받기 위해 온순한 양 떼처럼 줄지어 서 있었다 나는 나의 양을 받자마자 품 안에 안았다 양털깎기대회가 시작되었다 심사위원들은 양피지가 쌓인 테이블에 앉아 방독면을 쓴 채 나와 나의 양을 바라보았다

　나는 심사위원들 앞에서 양처럼 울면서 나의 양털을 깎았다 양털을 모두 깎고 보니 양 속에 벌거벗은 아버지가 들어가 계셨다 방독면을 쓴 사람들이 양털 바구니를 불길 속에 던져 털었다 양털은 불길 속에서 눈처럼 사그락거리며 녹았다 순간 나는 나의 양을 품에 안은 채 도망치기 시작했다 방독면을 쓴 심사위원들이 나와 나의 양을 쫓아 달려왔다

　나는 나의 양을 목 뒤에 감고 화장터 굴뚝 위를 기어올라갔다 발밑에서 다른 참가자들과 양들이 양 발굽을 동동 구르며 나와 나의 양을 올려다보았다 어느덧 밤이 되었다 나는 화장터 굴뚝 꼭대기에 양과 함께 나란히 앉아 있었다 어깨에 둘러맨 가방 속에서 신선한 우유가 담긴 병을 꺼내 나의 양과 반반씩 나눠 마셨다 밤하늘엔 메달 같은 달이 반짝였다 나는 양과 함께 이어폰을 한쪽씩 나눠 꽂고 애국가를 들었다

　양이 내 품속에서 한 다발의 안개꽃처럼 안겨 있었다

히말라야 용

— Puff the magic dragon

1

불 밝힌 배스킨라빈스 앞
지하보도 입구에는 네팔산(産) 액세서리를 파는 용이 산다네
스푼에 얹힌 채 달콤한 히말라야 산이 한가득 융기하는 저녁
네팔인인 그가 호주머니에서 꺼낸 담배를 피워 물 때

고대의 한 마리, 히말라야 용이 된다네

어둠 한편 콧구멍 밖으로 씩씩 하얀 연기와 불을 내뿜는다네
스르르 아이스크림을 퍼먹는 사람들 유리벽 너머의 분홍 네온 빛 눈발,
용의 두 어깨 위로 쌓이네
크르릉…… 추위에 몸을 떨어보아도 외로운 만년설은 쉽게 털어낼 수 없네

용이 똬리를 틀고 앉은 자리에 펼쳐진 검은 가방,
가방 안엔 어패류를 깎아 만든 액세서리들 화석으로 남았네
한 개에 이천 원이네, 서기 이천 년의 세상 속으로

용과 함께 전설처럼 흘러들었지

도시의 어스름이 육지로 올라서는 양서류 같네
한 스푼의 아이스크림으로 퍼올린
진화의 저녁

고대의 한 마리, 히말라야 용이 날갯죽지를 들썩거리며,

검은 가방을 메고
동굴 같은 지하보도로 숨어들어간다네
배스킨라빈스 테이블 귀퉁이
펄럭이던 동화책이 덮인다네

　　2
다시 동화 속 첫 페이지를 펼치네
도시의 빌딩 꼭대기에서 추락하는 아찔한 나선형의 얼굴표정
아스팔트 갑각 속에 파고드네

고대의 한 마리, 암모나이트

도너츠의 하루

잘 튀겨낸 도너츠일수록 구멍은 둥글다
팔팔 끓는 기름마냥 꿈자리가 사나운 밤 속에 몸을 담갔다가 일어난 아침 둥근 창문을 열면
바람은 밀가루 반죽처럼 배배 꼬이면서 불어온다
소용돌이치는 바람의 지문이 내 몸에 하얀 밀가루 자국을 남기는
오늘은 이상도 하지,
바로 시원하게 구멍 난 도너츠의 하루이다
옷을 입으면 툭툭 떨어지던 단추들은 모두 어디로 굴러갔을까
우유 배달원 대신 현관문을 두드리는 건 옆집 아줌마의
둥근 훌라후프 사이로 삐져나온 뱃살 소리
나는 그 출렁출렁한 물소리를 들을 때마다
오늘 내 목에 얹힌 둥근 올가미 같은
하루를 꾸역꾸역 삼켜야 한다
목마른 듯 덜 깬 잠은 커피처럼 하루 내내
몽롱한 향기를 풍긴다 혹은 도너츠에 술술 뿌린 설탕 가루를 입가에 잔뜩 묻힌 채 지하철 입구로 들어서면
우르르 달려드는 개미 떼, 구멍 난 내 몸을 짊어지고
순식간에 열차 한 귀퉁이로 몰아내는
오늘은 이상도 하지,
박스 포장된 일터 안에서도 내 몸에 난 구멍은 점점 커져서 마침내 화장실 가듯이

동료들은 내 몸을 통과하여 변기 구멍에 볼일을 본 후

물을 내린다

꾸르륵, 다시금 나의 구멍 난 하루가

내리막길 바퀴처럼 어딘가로 끝없이 딸려가는 소리

온종일 귓구멍에서 울려대는

오늘은 이상도 하지,

바로 시원하게 구멍 난 도너츠의 하루이기 때문이다

고등어 나르시시즘

만삭의 어머니가 생선을 굽던 비릿한 어느 저녁, 프라이팬 밖으로 튕겨오르던 기름방울처럼 지글지글 나는 태어났지 아기야, 생선을 먹어야지 머리가 좋아진단다! 어머니는 나무 도마에 홍건히 젖은 피를 닦으며 말하셨지 그날 이후로 나는 똑똑한 생선 한 마리, 유치원에 갈 때면 언제나 비가 내렸지 등줄기를 따라 푸른 멍 자국이 생겼지 선생님과 함께 부르는 노래 소리가 턱 밑에서 뻐끔거리는 아가미 밖으로 펄떡펄떡 흘러나왔지 온몸이 자꾸만 축축해져 화장실로 쉼 없이 달려갔지 오줌싸개라는 별명도 붙었지 만나서 반갑다 고등어 친구야 끔뻑끔뻑 인사하던 내 짝꿍은 개구리 왕눈이였지 점심 시간마다 긴 혀로 도시락 주변을 윙윙거리던 파리들을 하나씩 잡아먹었지 유치원에서 돌아오면 집 안 가득 물이 출렁거렸지 유리거울 속에 둥글게 물이 고여 있었지 나는 거울 속을 헤엄치며 놀았지 거울 밖에서 어머니는 애야, 숙제하고 놀아야지 그래야 똑똑한 고등어가 된단다! 소리치며 나를 찾았지 그럴 때마다 나는 낚싯줄에 걸려 물 밖으로 끌어올려졌지 입안에서 피가 흐르고 나는 말을 잃어버렸지 성장할수록 여드름 같은 비늘이 얼굴까지 돋아났지 그러다 사랑을 만났지 무슨 선물을 줄까 밤새 고민했지 사랑아 담백한 고등어 통조림 좀 먹어볼래? 그렇게 사랑은 떠났지 그리고 이제 나는 다 큰 똑똑한 고등어 한 마리, 물 좋은 직장 하나 만나지 못하고 퀭한 생선 눈깔을 지닌 실업자 방울방울 높은 수면 위로 떠오르는 토익 점수가 그리워 밤늦게 종종걸음으로 영어학원을 다니지 하루가 저물고 잠에서 깬 새벽 무렵, 냉장고를 열어보면 돌아가신 어머니가 신선하게 살아 계셨지 랩으로 포장된 고등어 한 마리로 태어나셨지 애야, 어머니 같은 생선을 먹어야지 머리가 좋아진단다! 여전히 같은 말만 하시지 무서운 나는 프라이팬 위로 도망치지 그러자 어머니는 앞치마를 두르고 아침을 준비하시지 지글지글 익어가는 나를 노려보며 내 깊은 잠을 깨우시지 때마침 따르릉 울리는 자명종은 유치원에 갈 시간을 알리지 어머니가 발라준 생선 살을 먹은 나는 오늘도 똑똑해져야지

아프로 맨

　　오늘 지포 씨는 자살하기 전 마지막으로 빵을 먹기로 한다. 식탁 위에 놓인 빵 굽는 토스터는 꼬리 끝에 플러그가 달린 작고 귀여운 악마 같다. 짓궂은 악마는 언제나 인간을 빵으로 유혹하는 법이다. 오늘 지포 씨는 잘 구운 빵을 씹는다. 빵, 이란 말은 권총의 방아쇠를 당긴다는 뜻이다. 참 불행하게도 오늘 지포 씨의 호주머니 속엔 권총 대신 오래된 라이터가 들어 있을 뿐이다. 오늘 지포 씨는 라이터를 만지작거리며 죽기로 한다. 오늘 지포 씨는 집을 나선다. 오늘 지포 씨는 자주 담배를 피우던 동네 공터에 라이터처럼 서 있다. 오늘 지포 씨는 손에 불끈 쥔 라이터 부싯돌을 굴린다. 화아악. 지포 씨의 머리끝부터 불이 옮겨 붙는다. 오늘 지포 씨의 불붙은 머리는 아프로 헤어처럼 타오른다. 부스스. 지포 씨는 생각한다. 누군가 나를 착취하고 있다, 고 생각한다. 생각은 물음표 같다. 생각은 열기구 같다. 생각은 연소한다. 오늘 같은 날. 지포 씨의 아프로 헤어는 횃불처럼 불탄다. 오늘 지포 씨는 지옥으로 추락한다. 생각은 열기구 아래로 번지점프 한다. 찌릿찌릿. 오늘 지포 씨는 어쩌면 너무 흥분한 나머지 오줌을 몇 방울 지렸을지도 모른다. 오늘 지포 씨는 생각하는 불 같다. 오늘 지포 씨의 화석에너지가 불탄다. 오늘 지포 씨의 감정이 두루마리 공룡도감처럼 차르륵 펼쳐진다. 오늘 지포 씨의 분노는 핵분열을 일으키고 오늘 지포 씨의 분노는 단세포에서 거대한 공룡으로 자라나고 오늘 지포 씨의 분노는 차가운 추상 같은 파충류의 피가 되고 오늘 지포 씨의 분노는 삐죽삐죽 털이 자라고 오늘 지포 씨의 분노는 쪼그라든 성기 같은 포유류가 되고 마침내 오늘 지포 씨의 생물연대기가 뒤틀린다. 마치 석유처럼! 지포 씨의 캄캄한 피가 역류한다. 오늘 지포 씨가 끌어올린 화석에너지는 머리끝에서 폭발한다. 오늘 지포 씨는 라이터 같다. 오늘 지포 씨는 횃불을 든 자유의 여신상 같다. 오늘 지포 씨의 고수머리는 먹구름 같다. 오늘 지포 씨는 지끈지끈 머리가 아프다. 오늘 지포 씨의 머릿속에서 운명교향곡 같은 번개가 친다. 파지직. 오늘 지포 씨는 번개 맞은 아프로 헤어 같다. 오늘 지포 씨의 아프로 헤어는 둥근 성배(聖杯) 같다. 오늘 지포 씨에게 천사가 내려온다. 천국에서 날개 달린 한 개비 담배가 팔랑팔랑 내려온다. 오늘 지포 씨는 죽기 전 마지막 담배 한 모금의 여유를 누린다.

장미의 요일

가시에 목을 찔린 후 나는 우산을 쓴다
활짝 펴진 우산이 나의 목을 베어먹는다
달랑 남은 나의 몸만이 밤 골목을 걷는다
네온 간판 불빛을 받아먹는 붉은 핏방울
닫힌 너의 창문에 비스듬히 기대다가
달아오른 뺨을 유리에 문지르며 주르륵,
흘러내린다 창문 너머 너는 칼로 도마 위를
내리친다 초인종이 울리고 축축한 나의 몸만이
절뚝거리며 들어와 도마 위로 가지런히 눕는다
송골송골 가슴 밖으로 핏기가 어려 있다
잃어버린 나의 얼굴 모양을 기억하던 손
이제 칼자루를 잡은 너의 손, 허공에 장미 잎
같은 궤적을 남기며 내리칠 때마다
창밖을 서성이는 얼굴 빈혈을 앓듯 창백하다
도마 위 수북이 쌓여가는 장미 잎 붉은 무덤
너의 무덤은 향기로워서 목 없는 나의 몸은
움찔움찔 경련한다 오래 길들인 칼날 끝
물들어가는 붉은 비명 이마를 만지며 기절

하고 싶었지만 목 없는 몸뿐이다
잠시 비바람이 창문을 두들긴다
달력을 걸어둔 창틀에 박힌 녹슨 못
한 송이 장미마냥 피어 있다 둥글게
꽃봉오리가 가두어놓은 요일은 붉게 칠해진
비 오는 일요일 가시에 목을 찔린 후
당신은 우산을 쓰는가
가슴에 붉은 장미를 안고 우산 아래
목 없는 당신의 몸만이 어깨를 들썩거리며
밤길을 걸어간다

러시안식 사랑

— 우스꽝스러운 춤 2

백야의 들판을 가로질러 깊은 한밤중,
죽은 애인들이 침대 머리맡에 누운 나를 찾아온다.
죽은 그녀들의 버릇이란,
하얀 뼛가루가 날리는 밤을 걸어 문지방을 사뿐히 넘어오는,
극지방의 바람처럼 슬프게 따갑다는 것이다
모든 추억들이 대기를 떠도는 얼음 알갱이를 불러모아,
고슴도치처럼 가시를 곤두세운 채
잠든 나의 이마 위를 굴러다닐 때
나는 따가운 사랑으로 몽유병 환자처럼
벌떡 일어선다는 것이다
그럴 때마다 촛불은 백태 낀 겨울 숭어처럼 깜빡깜빡이며
울다가 웃는 애인의 얼굴을 차례로 비추지만
나에게는 오로지 장전된 권총의 탄알 수밖에 기억나지 않는다.
나는 죽은 애인을 뒤에서 껴안으며 그녀의 뭉툭한 척추 뼈를
한 마디, 한 마디 핥아댄다
오로지 마지막 한 발의 총알이란 차르르,
돌아가는 그것은 내 성기일 뿐 매그넘 45구경 같은 슬픔이여,
내 혀가 죽은 애인의 꼬리뼈쯤에 닿을 때

아아, 바닥에서 뒤틀리던 그녀의 척추가 스프링처럼
팅겨오르고 살가죽이 반으로 쭉 찢어지자,
또다른 애인이 죽은 채로 버젓이 나타나는 순간
나는 그녀의 목덜미에 키스를 퍼부으며
웅크린 밍크처럼 사랑해, 속삭이고는 칭칭 감기며
부드럽게 그녀의 멈춘 숨마저 꼬옥 조인다.
오늘 밤은 추워서, 식탁 위의 보드카조차 차갑게 얼어버렸어,
그녀의 바스러진 뼛조각들을 불길 속에 던져넣으며
나는 부지깽이를 벽난로 옆에 비스듬히 세우고 돌아서자,
환한 밤 한가운데 우뚝 솟은 굴뚝에서는
삐걱거리며 타들어가던 뼛조각들이 피워올리는
죽은 애인들이 백야의 하늘로 뭉게뭉게,
그 우스꽝스러운 검은 춤을 춘다는 것이다.

카프카의 작은 술집

이태원역, 뒷골목을 걷다보면 네온사인
흐릿한 카프카의 작은 술집을 만난다.
그 술집 어디에도 키프카는 찾아볼 수 없으나
좁은 지하계단을 내려가 침침한 까마귀 날개
같은 커튼을 넘기면 테이블에 턱을 괴고
술잔을 기울이는 그들이 있다.
두 다리를 꼬고 앉았지만 다리 많은 지네마냥
지퍼는 하복부를 악물고 늘어져 있다.
악몽의 밤마다 아름다운 변신을 꿈꾸는 그들은
여장남자, 그들이 마시는 술은 캄캄한 기름 같아서
액체이면서 불타오른다.
그 불길 속에 자신의 인면피(人面皮)를 남김없이
태운다. 검은 연기가 드리우는 그들의 얼굴은
여자이다 남자이다 하지만 언제나
흐릿하다. 테이블 위 잔을 내려놓을 때마다
술은 출렁거리며 회오리 모양 어딘가로
점점 빨려들어가듯 사라진다.
술잔 끝 테두리에 묻어 있는 립스틱의 흔적

어둡다. 두 갈래로 포개진 입술은
서로에 대해 끊임없이 질문하듯
좁은 지하계단을 벗어나려 까마귀 날개처럼
푸드득거리는 뒷골목에는,
원형의 테이블 같은 척추로 앉은 그들이 있다.
자신의 사타구니 사이로,
거대한 물음표처럼 고개를 파묻은 채
점점 둥글어지는 한 인간이 있다.

그는, 알[卵]이 되어가고 있던 것이다.

해파리 속에서

아름다운 해파리가 출몰했다

해파리는 그 어떤 거울보다 맑고 투명했다 사람들은 집 밖으로 뛰쳐나와 해파리의 몸속에서 흐르는 음악 같은 물소리를 들었다
그 물속에서

해파리처럼 떠오르는, 사랑했던 죽은 자들의 얼굴과 조우했다 소용돌이를 바라보듯이 사람들은 해파리 속으로 빨려들어갔다
첨벙첨벙, 무릎까지 바지를 걷어올린 채
해파리의 몸속으로 뛰어들어갔다

해파리의 몸속은 그 어떤 자궁보다 따뜻한 물이 흐르고 있었다 세상에서 가장 아름다운 요람에 눕기 위하여
사람들은 야광충처럼 발광(發光)했다

도시의 밤하늘 위로 부유하는 해파리
그 빛에, 조금 더 가까이 손을 뻗고자 인간 피라미드를 쌓았고 열기구를 띄웠고 고층빌딩 난간 위에서 해파리를 향해 몸을 던졌다

아름다운 해파리는 바라볼수록 눈이 부셨고 해파리에게 쏘인 자는 소다수처럼 청량한 꿈에 젖어들었다
도시는 바다 거품으로 부글부글 끓어올랐다
하나둘 사람들을 태운 해파리는, 아름다운 해파리는 출렁출렁

우주로 우주로 끝없이 떠오르고 있었다
사람의 모든 것들이

해파리 속에서, 사라지고 있었다

추(錘)
─ 거미의 저녁

1
거대한 **추** 하나가 내려오듯이

땅거미가 온다
거미라는 어스름을 받아먹는 저녁의 몸은
독감 같은 거미를 부들부들 앓는다
거미의 시간 앞에서
가늘게 진동하는
추, 라는 생명체

2
거미가
내 영혼의 **추**를 가만히 흔들어본다
추, 라는 요람 속에 누워
요람을 흔드는 손이 문득
허공의 벽을 짚고 내려오는
거미의 마임임을
알아볼 때

서커스 천막 같은
거미의 거죽 속에서 눈을 뜬다
천장에선 한 여자가
공중그네를 타며 울고 있다
검은 눈동자 속에
추, 라는 공중그네가 흔들린다
하늘을 향해 입을 벌린 채
거미여자가 흘리는
한 방울의 **추**를,
받아삼키자

몸속 끝에서 땅거미가 짙게 깔린다
석탄기 지층처럼
어둠이 칸칸이 쌓인다

    3
당신은 흔들의자 위에 앉아 있다
미간 사이에서 제3의 눈 같은 **추**가 흔들린다
최면술사가 허공에서
묵직한 **추**의 눈으로

당신을 짓누른 채
놓아주지 않는다

한 움큼의 검은 석탄을 뱉어내듯
당신은 거미를 토해낸다
추, 라는 거미 화석이 잠든 당신의 몸속
벽시계의 **추**처럼 밤새
흔들리는, 저울의 기울기가 있다

당신의 저울 위에
추, 라는 가위 눌림이 놓여 있다

시월의 밤, 세계불꽃축제

나는 타고 남은 검은 성냥 알 같은 눈을 떴다
불꽃은 벼룩처럼 높이 뛰어 하늘에서 펑펑 터지기 시작했다
시월의 검은 강으로 쥐 떼같이 몰려가는 사람들을 보았다
이 밤 나는 호주머니에서 성냥갑을 꺼내 열었다
성냥갑 속, 암병동에 가지런히 누워 있는 사람들의 머리끝
붉은 혈액봉투가 골똘히 뭉쳐 있었다
붉은 혈액이 조금씩 꺼져가면 너희는 긴 연기로 멀어지겠지
바닥엔 검은 숯 그림자 침묵으로 남겠지
성냥갑 속 성냥개비로 말라가는 너희들
시월의 밤 세계불꽃축제, 성냥갑을 호주머니에 찔러넣고 나는
검은 강으로 간다 검은 강으로 쓸려가다가,
담벼락에 기댄 채 담배를 물고 성냥을 그었을 때
담벼락에서 벌떡벌떡 일어났다 사라지는 어두운 거인들과
난쟁이처럼 작고 낮은, 이 성냥불의 난센스를 풀었다
권총 밖으로 피어나는 한 송이 붉은 장미로 웃었다
털 많은 짐승이 벼룩을 키우지 못하는 도시에서
나는 내 몸의 털을 온전히 태워버렸다
편두통처럼 하늘 한구석에서 폭죽은 터지고 또 터졌다

죽도록 망치에게 두들겨 맞고도 나의 못은 왜 불꽃으로 피어나려 할까
　　시월의 눈, 내 옆에 숫자 8이 서 있고 그녀는 창백한 눈사람이다
　　거리의 창녀야, 나는 그녀를 기억했다 그녀는 백 년 전
　　이 불온한 거리의 성냥팔이 소녀,
　　성냥을 켤 때마다 거인에게 몸을 팔고
　　난쟁이를 낳았다 그리고 백 년 후 오늘 시월의 밤 세계불꽃축제
　　나는 어깨를 접고 바닥에 쪼그려 앉았다
　　이제 나는 붉은눈비둘기,
　　직립의 비둘기야, 심지 같은 검은 부리를 품에 그으며 타오르리라
　　시월의 밤 세계불꽃축제 나는 무수히 많은 구둣발에 밟혀 린치를 당했고
　　입술이 터져 피가 펑펑 터졌고 몰래 손목에 성냥을 긋는 법을 배웠다
　　나의 전쟁이 불꽃축제가 될 수 있을까, 라고 구구구 물었고
　　왜 눈물은 물갈퀴 달린 축축한 양서류같이
　　검은 물가로 사람들을 스며들게 만들까 생각했다
　　성냥갑 속의 환자들아, 십자가가 박힌 옷의 저 환자는 오늘 밤
　　또 얼마나 많은 못을 제 몸에 박아넣고 있는 것일까
　　쌀쌀맞은 시월의 밤 아, 벌린 나의 입에선 유황 냄새가 났다
　　붉게 충혈된 눈 속엔 수만 겹의 장미 잎이 덮여 있었다
　　붉은 시월의 밤에 맹세코 고백하건대, 벤치에 앉아
　　단두대처럼 섬뜩하게 눈꺼풀을 내리닫을 때
　　슥슥 목 잘려나간 장미 잎을 떨구는 나는 테러를 사랑했다

사이렌 소리가 멀지 않은 곳에서 빠르게 울렸다 오오,
어서 빨리 나의 성냥갑 속으로 대피해야 했다
그 성냥갑 같은 방공호 속에서
한 개비의 성냥개비로 누워 있어야 한다

달 아래 번지점프

1

달 아래 반짝이는 지느러미 하나 없지만
살짝 뒤꿈치를 드는 법은 알고 있다
그것은 잠깐의 펄떡거림이다
비로소 로프에 묶인 두 발이 자유롭다
바람이 물처럼 내 몸속까지 차오른다
이 순간 모든 풍경이 서로 몸을 섞는다
나의 체중으로 떨어지는 속도를 사랑하여
빳빳이 머리카락이 일어선다
혈관을 타고 벌름, 벌름거리며
살가죽을 두드리는 맥박의 비명은
사라진 아가미를 부른다

뾰족한 머리가 향하는 곳은 어디인가
지느러미 끝을 달이 쫓는다
물고기 한 마리의 점프란
배꼽을 향한 그리움이다

2

여자의 배꼽은 배고프다
배꼽을 향한 물고기 한 마리의 사랑
지구와 달 사이처럼 멀다
그 먼 육 분의 일의 무게를 위하여
캄캄한 우주를 헤엄쳐야 한다
비늘 하나하나를 뜨겁게 태우는 우주 방사능
자꾸만 유선형의 몸을 타고
배꼽과 맞닿은 탯줄의 기억을
돌연변이 시킨다

여자가 달을 뜯어먹기 시작하자
어두운 분화구 밖으로 펄떡이는
지느러미가 보인다

3

달은 여섯 가지의 모양으로 바뀐다*
나는 여섯 개의 달 중에서
단 하나의 달로
여자를 사랑하고 싶었다

그 한 가지의 체위,

배꼽을 향해 끝없이 떨어지는

나를 그대는 알까

* 첫번째 달은 **가위의 형상**으로 두번째 달은 **식물의 아침**의 형상으로 세번째 달은 **너희 날개 속**의 형상으로 네번째 달은 **고이는 물**의 형상으로 다섯번째 달은 **못 박는 일**의 형상으로 여섯번째 달은 **환한 자궁**의 형상으로 변하는 것이었음을 나는 고백한다.

위험한 물

나는 성기를 곧추세운다. 내 아기를 잉
태하지는 마. 그녀는 미칠 것 같다고. 사
랑한다고. 말한다. 그녀의 뺨을 한 대 갈
겨주고 싶다. 그녀는 축축이 젖어버린
다. 신음하며 흥건한 물이 되어버린다.

아버지가 죽었다. 환한 형광등 아래서
아버지의 시신을 닦는다. 이봐요. 당신.
눈 좀 떠보세요. 아버지는 말이 없다. 나
는 죽은 아버지의 시신을 닦는다. 천장
의 휘어지는 형광 불빛들.

나는 성기를 곧추세운다. 그녀가 떠났
다. 침대 시트 위로 흩뿌려진 정액처럼
밤하늘엔 별이 돋는다. 나는 여관을 나
와 지하주점을 서성거린다. 젊은 연인들
의 테이블. 술잔 속에 최음제를 풀어넣
고 나는 도망나온다. 추운 밤거리는 아

버지의 몸속 같다고 떨면서 나는 말한
다. 지하주점은 깊은 자궁처럼 어두워진
다. 밤하늘 별들이 아우성친다.

곡괭이를 들고 죽은 아버지의 몸을 팠
다. 말라버린 몸. 아버지의 몸은 지독한
가뭄이다. 물 한 방울 나지 않는다. 갈라
진 땅 틈새에서 만삭이 된 그녀가 튀어
오른다. 그녀는 주렁주렁 눈물을 매달고
있다. 나는 목말랐다. 그녀를 땅바닥에
눕힌다. 하염없이 그녀의 젖통을 빤다.
만삭의 뱃속. 너도 물이 필요하구나. 이
리로 오렴. 건방진 태아가 중얼거린다.

나는 단 한 번이라도 여자가 되고 싶었
다. 여자에게 묻는다. 나에게 물을 주세
요. 여자는 우물 속에서 물을 퍼내 나에
게 건넨다. 나는 물속에 침을 퉤. 뱉는
다. 순간. 주위는 한없이 어두워진다. 별
들이 비명을 지른다. 죽은 아버지가 우
물 속으로 투신한다. 그녀가 내 뺨을 한

대 갈긴다. 무서운 나는 성기를 곤추세
운다. 우물 속에는 한 쌍의 남녀가 벌
거벗고 서로를 끌어안는다. 나는 도망친
다.

아장아장 낯익은 얼굴의 태아가 뒤쫓아
온다.

멜팅 포인트

어머니 아세요?

이 무표정한 말은 달콤한 각설탕이 필요하답니다 보세요 회전목마가 출렁출렁 물 위를 달리고 있어요 어머니, 당신은 이 둥근 잔
의 테두리로부터

한 발자국,

떨어져 있고 나는 목마에 앉아 울고 있어요 회전목마가 한 바퀴 돌아갈 때마다

나는 미아(迷兒)가 되었다가 돌아와요 멀리, 테이블 모서리 같은 어깨 위 어머니 당신의 얼굴이

소용돌이처럼

돌고 있어요 아가야, 저 머리통만한 당신의 입이 나를 불러요 거대한 티스푼이 마구마구 당신의 얼굴을 휘젓고 있어요

왜 말발굽 소리가 쨍그랑,

울리죠? 찻잔과 티스푼 사이 뜨거운 김이 무럭무럭 자라고 있어요 내가 찻잔보다 둥근 요람 속에서 짧은 팔다리를 버둥거리며 울 때

어머니, 당신은 조용히 차를 홀짝이고

햇빛은 창틀에 설탕 가루처럼 묻어 있어요
난 자꾸만 잠이 소복소복 쏟아져내리는데 어머니, 당신은 왜 수도꼭지를 잠그지 않고 울고 있나요

보세요 나의 인형들이 둥근 요람 밖으로

똑똑 떨어지고 있어요 나는 당신이 잠든 밤 몰래 인형 속에 아장아장 기어들어가 숨어 있었죠

인형들의 뱃속 깊은 곳에

웅크린 채 까르르 까르르 전자음을 내며 웃고 있었죠 어머니 왜 가엾은 날 회전목마에 앉혀놓았나요

테이블 위의 유리 꽃병같이

신기하게도 태어나 처음 본 꽃은 바로 소용돌이였어요
몰랐죠? 둥근 요람 안에서 나는 늘 시계처럼 깨어 있었는걸요 나의 울음은 괘종시계의 뻐꾸기 같은 거짓말!

미안해요

나는 발부터 태어났어요 당신이 찻잔 속에 각설탕을 떨어뜨리듯

그만,

머리통을 빠뜨리고 말았죠 어머니 당신의 젖가슴에 이빨자국을 남기고 싶어요 난 처음부터 이빨조차 없는 빨간

아기였으니까

빙하기때려부수기

— 氷,河,期

최초의 망치를 목격하다

첫번째 규칙: 편의점에 들어가 닥치는 대로 물건을 때려 부순다.

두번째 규칙: 때려부순 물건의 액수만큼 아르바이트 비용을 받는다.

세번째 규칙: 편의점에 들어선 시간부터 5분 동안의 제한시간이 주어진다.

그때 우리는 갓길에 차를 세웠다. 자정이 넘은 밤. 거리는 조용했다. 그는 운전석에서 내렸다. 그리고 차 뒤편으로 걸어가, 트렁크 속에서 가방을 꺼내 나에게 건넸다.

편의점 안은 얼음 속처럼 추울 겁니다.

가방 안에는 털가죽으로 만든 코트 한 벌과 손 망치 하나가 들어 있었다.

그럼, 이제 놀이를 시작해볼까요. 편의점에서 당신은 오 분간 물건을 때려부숴야 합니다. 가능한 많이 부술수록 많은 아르바이트 비용을 받게 됩니다.

그리하여, 나는 편의점으로 간다.

털가죽 코트를 걸쳐 입고 한 손엔 망치를 든 채로.

골목 끝엔 푸른 간판을 밝힌 사각의 편의점이 있다.

편의점이 가까워질수록 심장이 먼저 쾅쾅 망치질을 한다.

우두둑, 입안에서 사각의 얼음 덩어리를 잘게 부숴 먹을 때
느껴지는 얼얼하게 시린 맛을 찾아
배고픈 나는 편의점으로 달려간다.

발로, 문을, 박차고 들어선, 편의점, 나는 망치를, 들고, 음료수가 진열된, 냉장고, 앞으로, 달려간다, 망치로, 냉장고 유리를, 내리
친다, 쨍, 울리는, 소리는, 얼음 가시처럼, 고막을 찌른다, 산산조각 난, 유리들, 나는, 닥치는, 내로, 망치를 휘두른다, 여기저기, 밀
봉된, 캔들이, 퍽퍽, 터진다, 나는, 계산대로 달려간다, 빙산같이, 쌓인, 담뱃갑 더미를, 망치로, 내려찍는다, 담뱃갑들이, 순식간에,
와르르, 무너진다, 하얀, 눈가루, 담뱃잎들이, 날아오른다, 나는 컴퓨터 계산기를, 망치로, 두들긴다, 통, 동전을, 담은 통이, 배고픈
혓바닥처럼, 튀어나온다, 와장창, 동전들이, 굴러, 나온다, 망치를 휘두를수록, 무겁고, 불편했던, 털가죽 코트가, 가벼워진다, 나는,
냉동식품이, 저장된 곳으로, 달려간다, 사정없는 망치질, 발기발기, 찢어진, 햄, 만두, 어묵들, 사방으로 튄다, 나는, 극점 한복판에,
못을 박듯, 과자 봉지들이 늘어선, 기다란 진열대를, 따라, 망치질을 한다, 과자 봉지들이 펑펑 터진다, 얼어붙은, 하늘 위로, 폭발하
는, 별들이, 몇 번이고, 반짝거린다, 숨, 소리가, 거칠어진다, 썩썩, 뿌연, 입김이, 나온다, 편의점, 쇼윈도 너머는, 김 서린 열대야,
내가, 마지막으로, 휘두른, 망치는, 움켜쥔, 손에서, 빠져나간다, 빙글빙글, 돌며, 편의점 천장까지, 떠오른다, 환한, 형광 불빛 아래,
망치의, 궤적이, 허공에서, 푸르게, 빛난다, 박살 난 얼음, 형광등이, 깨진다, 순간, 캄캄한, 어둠, 오 분간이라는, 공복의 시간, 째깍
째깍, 다 녹아버리고, 놀이는, 끝났다.

최후의 망치를 기록하다

눈을 떴을 때 캄캄한 어둠 저편 어디선가 향 타는 냄새가 풍겨왔다. 심지 타들어가는 소리가 물 얼어붙는 소리마냥 자그락거렸다.
영안실 냉동고 속에 가만히 누운 그 사내를 봤을 때 그게 말이죠, 슬프기보다는 아름답다는 생각이 들더라고요. 언제가 그가 내게 했
던 말을 기억할 때마다 나는,

매머드 울음소리를 내며 눈을 뜨곤 했다.

그러나,
사랑하는 모든 것들아 하늘에서 죽으렴
— 달과 6펜스

가위

한밤중 허공에서 가위가 내려온다

가위는 내 머리카락을 모두 잘라버린다 나는 벌거벗고

눈물 흘리며, 가위여자의 그 비명 같은 두 다리 사이에

얼굴을 파묻는다 가위는 나를 능욕하고 내 뺨을 후려갈기며

내가 털 없는 알몸의 짐승처럼 혹은 양 날개를 잃은 새처럼

온몸으로 수치스러워 벌벌 어깨를 떨고 있을 때

보라, 내 영혼의 저울이 기울기를 잃고 무거운 추처럼

추락하고 있다 창밖, 붉은 달이 몰락하고 있다

불 꺼진 방에서 가위를 들고 자신의 머리카락을 자르는

누군가 있다, 그녀의 둥근 무릎이 바닥에 고여 있다

다리가 달린 것처럼 그녀로부터 달아난 비명,

한밤중 가위의 양다리가 스르르 벌어지고 있다

식물의 아침
아침에 일어나니 식물이 자라 있었다 식물은 기다란 팔로 자신의 얼굴을 가리며 울고 있었다

카페 한켠에 그녀가 앉아 있다

화분 속에, 식물이 자라고 있다

너희 날개 속에서
그러나,
사랑하는 모든 것들아 하늘에서 죽으렴,
나는 벌거벗고 공기 속에서 춤을 춘다

새들아 나의 등을 채찍으로 후려치기를,
나는 고개를 하늘로 쳐들고 꺼억꺼억
어깨를 들썩거리며 새처럼 운다
새들아 너희가 너희 날개 속에서
죽은 자들을 깃털 같은 춤으로 날려보낼 때까지
보세요, 저기 걸어가는 남자는 깃털이 모두 뽑혀버렸네
벌거벗고, 미친 듯 춤을 추잖아
그러니 사랑하는 모든 것들아 하늘에서
푸드득, 푸드득 죽으렴

고이는 물

너를 끌어안으면 네 안에 물이 고인다
나는 갈라진 두 다리 대신 네 안의 물속 가장자리부터
비로소 하나의 지느러미를 가진다
꿈틀거리는 고통이란 네 안에 깃든
나를 흔들어 깨우는 새벽이로구나
물이 고일 때 달은 파랗게 식는다
내 거세된 꿈들이 네 안의 물속에서
가뿐 숨 쉬며 헤엄친다
그것은 벗어놓은 물뱀의 텅 빈 허물이구나

네 배꼽 근처에서 흘러내리던 물이 고이는 곳에서
나는 눈 감은 채 깊이 죽어 있구나
알고 보니 고이는 물은 허물의 텅 빈 사랑이구나
따뜻한 달이었다가 파랗게 식는 달이로구나
밤하늘에 둥글게 고여 있구나
너를 끌어안으면 이상한 꿈을 꾼다
죽어버린 나는 네가 고이는 태초의 물을 헤엄쳐
너를 입는다 너의 살가죽 속으로 나를 숨길 때
나는 잠시 동안 살아나 꿈틀거린다
고여 있던 달이 순식간에 엎질러진다
너와 입 맞추는 사이 네 고인 물들이
천장에서 출렁인다
마침내 너는 나를 잉태하기 위하여
네 물속에서 나를 가둔다
나는 슬픔에 꿈틀거리며

고여 있다,

못 박는 일은 즐거워
라고, 내가 속삭이자 누군가는 침대 이불 안에서 벌거벗은 채 발가락을 꼼지락거리고 반쯤 열린 창밖으로

고양이의 듬성듬성한 꼬리털이 보이고,

　누군가의 머리카락이 그 하얀 이마를 그믐처럼 가리고 나는 담배를 비벼 끈 뒤 누군가의 젖가슴 속으로 파고들고 누군가는 날 개기월식처럼 까맣게 그 음모 속으로 가려주고 라이터 불빛이 어둠 저편에서 몇 번 반짝거릴 때마다 누군가의 젖을 입안 가득 베어 물고선 못 박는 일은 즐거워, 라고 다시 내가 속삭이자

　누군가의 젖은 녹슨 못처럼
　내 입안에서 붉은 녹을 흘러내리고
　나는 가슴 사이에서 허우적거리다,
　밤새 나도 녹슬어버리다,
　귓가에선 탕탕탕
　누군가의 심장이 쉼 없이
　못 박히고 있었다

환한 자궁
　너를 화장하자 살과 뼈는 녹아 없어지고
　질긴 자궁만이 남았다
　수천의 남자들이 네 깊은 자궁 속으로 꾸역꾸역 삼켜졌지만
　나만 홀로 호주머니 속에 네 자궁을 담고

172

뚜벅뚜벅 집으로 돌아와,

밤마다 테이블 위에 올려놓은 자궁과 이야기를 나눴다

더이상 자궁의 입에선 활시위가 당겨지지 않았다

모든 침대 가운데에서 휘어지던 너의 척추처럼

질병의 악몽에서 깡마른 네가 누웠을 때는

네 입에서 나오는 모든 비명들은

휘어진 채 들려왔었는데……

오늘 밤이 창밖으로 캄캄하게 걸어간다

테이블 밑 두 다리 사이에서는

자궁의 이야기를 추억하는 내가 휘어져 있다

휘어져, 먼 풍경을 향해 돌아서 있다

풍경 안으로 불어오던 소용돌이 바람도 휘어지고

낙하하는 새들의 깃털이 그리는 궤적마저

후드득, 허공 끝에서 휘어져 사라진다

모든 나의 사랑이 풍경 안에서 휘어져 있다

걸어가던 밤의 뒷모습을 느낀다

푸르게 불타고 있으나 차갑기만 하다

그 새벽이 너의 몸이다

죽은 너의 몸속에서 자궁만을 끄집어낸다,

나는 환한 자궁에 나를 데인다

이제 꽃을 꺾으려 해도

너도 죽어 있다

나처럼,

변명하기엔 너무 멀리 와이서 있는 꿈

레드카펫
─ 부조리극(不條理劇)

　세상엔 레드카펫이라는 생명체가 있다네. 레드카펫은 비오는 날의 시사회처럼 비릿하다네. 그렇다고 멍청한 물고기라는 말은 아니네. 레드카펫 위를 걷는 **당신이란 생명체, 불안한 빗방울, 방독면을 뒤집어쓴 사람의 목소리,** 동반자살을 한 시간 앞둔 연인이 찻집에서 주고받는 고양이 같은 농담이랄까? 이를테면 레드카펫은 혓바닥 같은 언어에 가깝다네. 레드카펫은 인간 외에 언어를 지닌 최초의 생명체라네. 나는 레드카펫과 딱 한 번 대화를 나눈 적이 있다네. 레드카펫은 손목을 긋는 성냥불처럼 몽환적이었다네. 레드카펫과의 대화는 영안실 냉동고 속에서 꺼낸 아버지의 나체를 바라보는 슬픔 같았고 휘어지던 형광등을 바라볼수록 똑똑 떨어지던 눈물은 백색의 수은(水銀) 방울 같았지. 어둠 속에서 양초처럼 허물어지던 스물넷의 나를 깜빡깜빡 비추던 추억 같았어. 레드카펫 앞에서 나는 서서히 죽음 쪽으로 기울어지고 있었지. 피사의 사탑인 양 비스듬한 어깨로 대사를 읊는 배우처럼 말이네. 자네는 혹시 죽음을 연기한 최초의 배우를 알고 있던가? 그는 자신의 아킬레스건을 끊고 심해 속으로 가라앉는 익사체, 바로 부조리극 같았지. 나는 그의 무표정한 표정과 초콜릿을 비교연구한 적이 있었다네. 그 둘의 공통점은 바라볼수록 녹는다,는 거였지. 한 시간 후 다가올 피의 밸런타인데이. 한 시간 전 찻집에서 나온 연인이 레드카펫 위에 화려한 배우처럼 누워 있다네. 입 밖으로 피를 토한 채. 카메라 플래시가 펑펑 터진다네. 레드카펫은 할로겐전구 아래 붉은 도마, 붉은 도마 위 뾰족한 생선 머리가 가리키는 곳이라네. 말하자면 레드카펫 끝엔 인간의 형상을 한 트로피가 서 있다네. 레드카펫은 인간이란 황금빛모서리*라네.

　* 김중식(1967~　)

체리와 하고 싶었습니다
― 덫

2004년 여름 나는 장안동 안마시술소에서 쥐를 잡았다
수건을 빨고 청소를 하고 밤에는 호객행위를 했다
나는 사까시처럼 황홀한 아가씨들에게 콘돔을 건네고
다 쓴 콘돔을 주머니 속에 넣고 홀로 집에 돌아오곤 했다

1

쥐덫 안에는 까만 주둥이를 날름대는 시궁쥐가 철창 한가운데에 누워 찍찍거리지도 않고 가만히 황갈색의 몸을 바닥에 눕히고 있다. 나는 쥐덫 손잡이를 잡고 눈높이만큼 들어 올린 채 담배연기를 쥐덫 깊숙이 내뿜었다. 뿌연 연기가 시궁쥐의 털 주변을 쉬익, 한번 감아 돌더니 철창의 수많은 사각 틈새로 빠져나가버린다.

쥐덫의 열두 시 방향
이모는 씽크대 앞에 서서 설거지를 시작했다. 주방에는 작은 쪽문 하나가 벽 구석에 붙어 있다. 벽과 같이 갈색으로 칠해져 있어서 문을 닫고 보면 감쪽같이 문은 벽이 되어버리고 만다.

그 쪽문 옆에는 검게 녹슨 하수 파이프가
살갗을 뚫고 나온 부러진 뼈처럼
벽에 달라붙어 바닥까지 이어져 있다.
바닥에는 맨홀이 있고 맨홀 밑으로

이 건물의 정화조가 있다.

  2

  나는 양손에 양동이를 하나씩 들고 세탁실로 향한다. 수도꼭지를 돌리자 세탁기에 연결된 플라스틱 파이프가 꿈틀거린다. 세탁기에 물이 차오르기 시작한다. 부력을 얻은 수건은 한여름의 뭉게구름처럼 하얗고 팽팽하게 부풀어오른다. 까맣고 꼬불꼬불한 털이 둥둥 떠오른다.

  나는 지하계단을 오른다.
  한 손에는 물이 담긴 양동이,
  다른 한 손에는 쥐덫을 들고 있다.
  계단을 벗어나자 대낮의 환한 빛에
  나는 눈을 지그시 감아버린다.
  낮이었다. 바람도 없었다.
  나는 쥐덫을 양동이의 물속으로 던진다.
  이 분정도만 기다리면 되었다.
  나는 담배를 태워 문다.
  퐁퐁, 올라오던 물방울이 멈춘다.
  쥐덫을 건져올린다.
  쥐덫의 철장 작은 사각 틈새마다 물막이 맺힌다.
  쥐덫 문을 연다.

3

안마시술소에 **2mm** 콘돔 같은 저녁이 오면,

나는 아가씨들을 깨우러 간다. 낮 내내 주방 벽에 붙어 있던 쪽문이 열리고, 나는 조심스레 라이터를 꺼내 불을 붙인다. 아가씨들이 서로 어깨를 맞대고 그 작은 방 안에서 자고 있다. 나는 라이터 불빛을 이리저리 옮긴다. 방은 어두웠고 라이터 불빛은 멀리까지 퍼지지 못한다. 가물가물한 시야 속에서 하얀 허벅지들이 아무렇게나 나뒹굴고 있다. 어둠이 몰려 있는 구석진 자리에 라이터 불빛을 옮기자 체리의 얼굴이 보인다. 체리는 벽에 기대 있다. 누군가의 하얀 손 같은 브래지어가 어깨에서 흘러내린다. 조약돌을 쥔 주먹 같은 그녀의 젖가슴이 보인다. **체리야?** 내가 조용히 말을 건네도 체리는 그냥 그렇게 벽에 기대 있다.

해설

우주 빨치산 조인호 원정기
신동옥(시인)

"나는 에테르를 빛으로 싸서 그것을 불어나게 한 다음 어둠 위에 펴놓았다. 그리고 물에서 큰 돌을 단단하게 만들어 밑바닥에서 안개가 피어나듯 하라고 명령하고 다시 떨어지는 것을 지옥이라고 이름 지었다…… 모든 하늘의 군대를 위해서 위대한 빛이 나는 태양을 만들어 그것이 지상을 비추도록 하늘에 두었다. 나는 돌로 불을 일으켜 그 불에서 모든 몸체가 없는 군대와 별의 군대……를 만들었다. 이런 모든 것은 불에서 생기게 한 것이다."

—슬라브어 『에녹서』, 제11장에서

시작

원고를 읽는다. 작은방 좌탁에서, 큰방 책상에서, 응암정보도서관 열람실에서, 불광천변 카페에서 읽는다. 일독할 때마다 다큐멘터리를 보았다. '2차대전사' '우주의 탄생' '히틀러—제3제국 멸망기' '지구의 오지' '한국전쟁사' '세기의 예술가 열전' 등이 그것이다.

비 — 존재를 읽는 한 방식

텍스트가 나에게 투명한 존재로 다가오기를 기다렸다. 텍스트가 나에게 순연한 모습을 열어 보이기를 기다렸다. 열어 보임 속에서 비밀을 잡아내고자 했다. 텍스트가 누설하면 해설자는 받아적겠다는 기대. 대부분의 해설은 이런 순진한 기대 때문에 망한다. 그리하여 나는 텍스트에 앞서서 내가 먼저 투명한 존재가 되기로 마음을 먹는다. 나 스스로를 두려워하지 말기, 조인호라는 타인, 조인호가 만든 텍스트의 독자라는 타인을 두려워하지 말기. 글을 쓰는 지금에 와서 생각건대, 다큐멘터리를 보는 데 바친 시간은 텍스트를 해독하고 글을 쓰는 동안 내게서 '개별화'와 '독단'을 막아주었다. 텍스트와 작자 사이에 내향성이 개입하면 또는 텍스트와 작자와 해설자 사이에 그 나름의 내향성이 개입하면, 함께 작업할 수 있는 여지는 줄어든다. '함께'의 여지를 늘려가는 방식으로 텍스트에 다가간다고 해서, 텍스트가 가진 내향성이 줄어드는 것은 아니다. 내향성에 접근하는 방식은 비—존재의 형식을 영점에서부터 파헤치는 작업이 될 것이다.

조인호, '그'의 '텍스트'의 '내향성'으로 육박해들어가는 일은 그리 순탄한 작업이 아니었다. 극적인 '자기고백'에서부터 극단적인 '서사'와 '시나리오'에 이르기까지 그는, 그의 텍스트는 보란 듯이 내게 스스로를 '까발렸다.' 무섭게 자신을 드러내는 그와 그의 텍스트 위로 이런 그림이 겹쳤다. 첫째, 2월 어느 눈이 내린 아침의 풍경이나 먼 사막의 풍경을 생각해보자. 모노톤의 풍광은 새로운 형식을 요구한다. 이런 풍광은 시적인 감각을 발현시키는 대상적인 풍광이 아니다. 눈 내린 거리, 집, 울타리, 자동차…… 등에서 1인칭을 감추고 덮어버렸기 때문이다. 형식은 영점에서 다시 사유된다. 둘째, 마크 로스코(Mark Rothko)의 〈검정 위의 선홍색(1957)〉과 같은 추상표현주의 회화를 떠올려보자. 누군가의 눈앞에 사물을 제거한 새로운 변형이 펼쳐진다. 추상의 테두리를 보면서, 대상을 떠난 흰빛이 머무는 자리라고 말할 수 있다. 방법적인 비―존재의 자리. 셋째, 1943년 4월의 바르샤바 게토 항쟁을 떠올려보자. 막대기처럼 마른 발가벗은 유태인들이 인간답게 죽기 위해서 벽돌, 망치, 소총을 들고 싸우다가 독일군에게 학살되는 장면. 인간에게서 인간이라는 인칭을 앗아가는 비―존재의 자리. 이 그림들이 예술로 '증언'되기 위해서는 궁극의 변모(transfiguration)를 겪어야 한다.

에고(ego) 살생부(殺生簿)를 쓰다

　나는 아버지와 축구를 합니다 숯이 날아올 때마다 쾅쾅쾅 사정없이 번개가 칩니다 공사판 목수였던 아버지, 나무 속에 박히다 만 못처럼 병원 침대에 구부러져 있습니다 복수 찬 배를 품은 아버지의 모습은 둥근 축구공을 끌어안은 골키퍼 같았습니다 (……) 장대비는 쏟아붓고 그라운드는 암세포가 전이된 아버지 뼛속처럼 여기저기 축구화 스파이크에 짓눌린 구멍만 숭숭 늘어갑니다 (……) 나는 고래고래 소리를 지릅니다 차라리, 내게 망치를 주세요! 라고 말입니다 박히다 만 못을 쭉 뽑아내고 싶었습니다
　　―「축구」부분

　시를 통해 나에 대해 말하고 있다는 것은 자신 안에 무르녹은 정서와 감각을 들려준다는 것이다. 자신이 인식하고 있는 것을 인식하고 있다는 자명함에서 시작되는 자기고백. 자신은 자기를 고백하고 있는 주체이기에 능동적이며 살아 숨 쉬는 인식의 집행자라는 확신. 시를 쓰는 자가 '자기 있음'을 바탕으로 있음을 고백하고, 완성된 고백을 확신하는 순간 시적 경험은 태어난다. 시적 경험을 시로 쓴다는 결과론적인 생각은 착각이다. 오히려 시가 쓰이고 나서 시적 경험이 '실재'한다. 주체와 에고의 자리 다툼이 시작되는 자

리는 바로 여기다. 비 오는 날의 축구라는 알레고리로 힘겹게 고백한 저 울분에 공감하지 않을 자가 있을까? 그가 자기고백의 형식으로 자신을 '자신의 시적 경험'으로 되살려낼 때, 내밀한 그의 주관과 주관의 떨림과 떨림의 목소리를 나는 듣는다. 아비와 아들이 벌이는 세계와의 악전고투. 그 행간에서 추측하게 되는 그의 개인사의 몇 가지 정보들. 이 '서정적' 고백에서 어떠한 불온한 누설의 기미도 읽을 수가 없다. 고백을 추동하는 것은 아직 변형되지 않은 순정하고 '유약한 에고'이기 때문이다. "2004년 여름 나는 장안동 안마시술소에서 쥐를 잡았다/ 수건을 빨고 청소를 하고 밤에는 호객행위를 했다/ 나는 사까시처럼 황홀한 아가씨들에게 콘돔을 건네고/ 다 쓴 콘돔을 주머니 속에 넣고 홀로 집에 돌아오곤 했다"(「체리와 하고 싶었습니다—덧」)와 같은 제사(題詞)로 시작되는 시에서 보이는 하드보일드한 고백은 차라리 뭉클하나. "나는 태어났지…… 그렇게 사랑은 떠났지(……) 나는 오늘도 똑똑해져야지"(「고등어 나르시시즘」)로 이어지는 상큼발랄에 유쾌하기까지 한 고백의 기술은 또 어떤가?

여장남자, 그들이 마시는 술은 캄캄한 기름 같아서
액체이면서 불타오른다.
그 불길 속에 자신의 인면피(人面皮)를 남김없이
(……)
자신의 사타구니 사이로,
거대한 물음표처럼 고개를 파묻은 채
점점 둥글어지는 한 인간이 있다.

그는, 알[卵]이 되어가고 있던 것이다.
—「카프카의 작은 술집」 부분

에고를 경험된 세계 쪽으로 '투사'하는 이 시를 보자. 그가 1인칭의 영역 안에 있을 때, 그의 고백은 동화든 투사든 흠잡을 데 없는

'서정'을 보여준다. '시적 자아'를 소거하는 전략을 택하기 시작할 때, 변화는 시작된다. "아버지의 노동을 지탱하던 허리띠 같은/ 컨베이어벨트// 장례식장—아우슈비츠의 대량학살 속,// 아버지는 정말 유태인이었나?"(「나의 투쟁—컨베이어벨트」)와 같은 시행 속의 "아버지"와 위의 시 속의 "여장남자" 가운데, 어느 쪽이 그의 '에고' 쪽에 가깝다고 여겨지는가? 시적 자아, 화자, 페르소나, 주체, 자아, 시적 주체…… 어떤 표현으로 쓰건 '시적'이라는 관형사형에 더 친근한 쪽은 어느 쪽인가? "여장남자" 쪽이 아닐까? 방법적 전략인 '투사'가 아니더라도, 이 과거형 속에는 에고가 도사리기 때문이다. 그러나 "아버지는 정말 유태인이었나?"라고 물을 때, 에고의 일렁임을 찾기는 힘들다. 경험과 인식을 한꺼번에 죽이는 방식을 택했기 때문. 경험과 인식을 죽인다는 것은 에고를 짜부라뜨린다는 것. 에고의 살생부를 쓰기 시작하면서, 그는 시집의 4부 "총과 장미"의 세계에서 1부~3부의 세계로 넘어간다. 순간 그의 과거는 한꺼번에 죽는다. 죽은 과거로부터 도망칠 여유를 갖지 못한 그는 어딘가에 짐짝처럼 부려질 것이다. 그의 기록은 곧 지워질 것이다. 여전히 우리 앞에 살아 있을 그도 곧 현실 속에서 사라질 것이다. 그렇다. 과거는 죽었고, 그는 우리 앞에서 사라졌다. 정리해보자. 그가 과거의 죽음을 택하는 순간, 그는 '그의 시공간을 간섭하며 시가 되려 하는 실제들' 앞에서 사라짐을 택한 것이고, 그는 미래를 버린 것이다. 우리는 그를 어디서 만날 수 있을까? 그는 '그 스스로' 버려진 미래 속에 있다. 버려진 미래 속에서 그의 죽음은 여전히 진행중이다. 우리는 시집의 첫 페이지를 넘길 때마다 그의 죽음을 방문할 것이다. 우리는 그의 죽음의 의미를 재구할 것이다. 그리고 우리는 곧 그의 죽음은 저항임을 알게 될 것이다. 저 유약한 자아들을, 쥐를 잡듯이 무표정하게 그는 척살했고, 버려진 미래 속으로 갔고, 버려진 미래 속에서 죽음이라는 그만의 저항 방식을, 시집을 펼치는 우리의 현재에로 영사한다. 그러나 그의 죽음은 '그가 우리에게 남기려 했던 믿음'을 지키고 있는가? 그의 '죽음이라는 저항의 전략'은 그의 믿음을 육화(肉化, incarnation)하고 있는가?

방독면의 육화 — 이보다 강력한 주체는 다시없을 것이다

시적 자아를 추동하는 에고를 척살하고 시를 쓴다는 것이 가능하기는 한 것일까? 모든 시에서의 시간은 현재화된 현재이다. 자아는 시공간의 규준을 선험적으로 체현하는 입각점이다. 자아가 없는 인간에게서 현실의 질서 안의 시간을 바랄 수는 없는 노릇이다. 머리에 꽃을 꽂고 돌아다니거나, 제7병동에서 외롭게 홀로 싸우는 이들은 스스로 시간성을 버렸거나 시간성 밖에 있다. 시적 자아로부터 에고를 척살한다는 것은 그와 비슷한 의미에서 '시간'을 앗아간다는 것일 테다. 시가 현재화되는 지점으로서의 에고의 시간을 앗아간다는 것은 무언가? 에고를 죽인다는 것은 시적 자아의 위상을 끌어내린다는 것이고, 결국은 시 안에서 '서정적 주체'를 부정한다는 것과 통한다. 시적 자아가 힘을 발휘하지 못할 때, 시 속의 시간관념은 뒤엉켜버리고 말 것이다. 언제나 버려진 미래, 버려진 미래, 버려진 미래가 계속될 뿐이다. 그 시간은 생각하기에 따라 '서사적인 현실의 시간'이나 '시나리오 속의 현재'와 비슷한 느낌을 불러일으킬지도 모른다. 그는 지금까지의 시사(詩史)를 통틀어 찾아보기 힘든 강력한 주체를 등장시킨다. 에고를 척살하고 '서정적 주체'의 위상을 끌어내린 다음, 역설적으로 주체 자체만을 강화하는 것이다.

옴은 휘황찬란한 발명의 시대 속에서 태어났다 그때 시간은 거센 전류와 같았고 사람들은 쥐처럼 새까맣게 타죽은 채 맨홀 밖으로 건져올려지곤 했다 여자가 옴을 낳았을 때 옴은 머리통 대신 모니터를 달고 태어났다 (……) 생각하는 사람처럼 전기의자 위에 앉아 있던 사형수가 머릿속에 반짝, 하는 전구 하나를 떠올리며 말했다 너희 이미지 도둑들이여, 살인은 또다른 발명이다! 순간, 빛은 의자의 형상으로 반짝거렸다
　　―「옴의 법칙―존재의 세 가지 변검술」에서

시 속에 서사가 개입할 경우 대개 파편화된 서사의 모습을 띤다. 파편화된 서사 속에서 시적 주체가 갈라지고 나뉘는 모습을 우리는 1990년대에서 2000년대로 넘어오는 시사(詩史)를 통해 목격해왔다. 파편화된 서사는 시 속에서 단일한 에피소드로 기능하지 않는다. 주체는 서 있는 자리와 시간을 달리하면서 '서사'마저 '시적인 것'으로 끌어당기는 힘을 만들기 때문이다. 위의 시는 옴의 법칙을 발견한 옴과, 전구를 발견한 토머스 에디슨과, 옴 진리교 사건을 일으킨 일본의 아사하라 쇼코를 모티프로 삼아 옴이라는 인물―상징의 일대기를 기록하는 형식을 취한다. '변검술'이라는 부제는 이 시에 다가가는 통로를 친절하게 열어주고 있다. "머리통 대신 모니터를 달고 태어"나는 인간과 같은 비유가 상상력의 긴밀도를 더해주면서 시는 이어진다. 이 시를 모두 읽고 나서 우리는 그가 창조한 옴이라는 주체를 대면하는 느낌을 가진다. 어떤 캐릭터처럼, 눈앞에 그려졌다가 사라지는 옴을.

*

마치 홍당무 앞에 선 당나귀 같은 마음으로 비밀 이야기를 시작하고 싶다.

사실 나는 **최종병기시인훈련소**에서 시 창작훈련을 받는 훈련병이다. **최종병기시인훈련소**에 소속된 훈련병들은 모두 다 시인들이다.

—「최종병기시인훈련소(最終兵器詩人訓鍊所)」 부분

시인이 해병대 훈련병 시절에 찍은 사진으로 시작되는 이 시를 통해, 그가 주체를 강화하면서 노리는 효과를 짐작할 수 있다(사진 속에서 그—조인호를 찾아보라!). "마치…… 비밀 이야기를 시작하고 싶다"로 시작되는 글. 익숙하지 않은가?『율리시즈』와 같은 고대의 서사시나,『서유기』나『돈키호테』와 같은 전근대, 근대 초기의 소설에서 익히 보아왔던 도입 아닌가? 그는 프랑수아 비용의 『유언시집』과 같이 끝내 자기화된 자기고백을 하려는 것이 아니다. 그는 단테의『신곡』과 같이 시적 비유로 알레고리를 엮어 자기투사를 하려는 것이 아니다. 그는 위의 시에서와 같이 가장 내밀한 1인칭 경험까지도 타자화해서 우리에게 보여준다. 이때 태어나는 주체는 강력해서 이 시의 주체를 저 시의 주체로, 저 시의 주체를 이 시의 주체로 엮어 읽게 만든다. 예를 들어,「옴의 법칙—존재의 세

가지 변검술(術)의 옴은 「악(惡)의 축—옴의 법칙」, 「알파와 오메가—죄와 벌」, 「오메가의 최후」, 「최후의 인간(The Omega Man)」에 각각 등장하는 주체들과 엮어서 읽고픈 강박증을 불러일으킨다.

가면의 서사 전략 — 그가 쓰는 모든 '배역'은 '기능'한다

그는 여태까지 존재한 적이 없는 방식으로, 시를 통해 사회적인 발언을 하고 싶은 것일지도 모른다. 그는 스스로를 드러내려 하는 시적 파토스에서 심리적인 억압의 기원을 억제하는 방향으로 나아가려 한다. 그의 '발언 욕망'을 추측할 수 있는 대목이다. 보통, 시에서 시적 자아의 손재태는 인간의 심리적 억압 양상의 존재태와 짝지을 수 있다고 해도 과장은 아닐 테다. 심리적인 억압은 인간의 감각, 감정, 정서의 다종다양한 변용 양태와 같을 것이기 때문이다. 하지만 그는 의도적으로 자신의 시적 자아를 소거한다. 그리고는 강력한 주체를 내세운다. 마치 가면과도 같은. 때문에 낱낱의 시에 드러나는 그의 주체들은 마치 읽는 이 앞에서 한바탕 '변검술'을 펼치는 것만 같다. 때로는 '연금술'을 펼치는 것 같은 착각이 들기도 한다. 그는 보통의 서정시가 그려내는 심리적인 억압의 구조를 사회적 억압의 성격 구조로 치환하고자 하는 것일까? 특정적인 주체들을 불러들여 그 하나하나에 뿌리를 내리고 있는 억압의 구조를 '배역'을 부여하는 방식으로 쓰려는 전략. 그는 자신의 문제는 이 시집 속의 '시적 현실'을 헤쳐나가는 데 부차적인 문제로 치부하면서 시집의 운을 뗀다. 시집 속에서 하나하나의 주체들이 그들 앞에 던져진 현실을 헤쳐나가면서 부닥치는 문제들은, 문제 그 자체로 일종의 모험으로 읽힌다. 그가 시 속에서 호명하는 인물들은 문제 해결의 사명을 띠고 간첩처럼 그의 행간으로 급파된다. 그가 쓰는 순간, 그가 불러들인 모든 '배역'들은 '기능'하기 시작한다. 그는 느긋하게 앞서거나 뒤서거니 '배역'들을 몰아간다.

제2부 "제국에서 보낸 한 철(鐵)"의 "불가사리" 연작은 우리의 이런 논리적 가정을 증명한다. 이 연작에서의 세로쓰기는 좌우로 움직여 버릇하는 데 익숙한 안구 운동을 상하로 뒤바꿀 것을 형식적으로 제안하는 것이 아닐까? 독자의 눈 움직임이 상하좌우로 자재로울 때 비로소 제2부의 세계가 말하는 '발언'을 읽을 수 있으리라는 전언을 형태로 보여준 게 아닐까?

전술 1 — 우주 빨치산

그가 호명하는 주체들에게 상식적인 범위에서 경험되는 '시적 아우라'를 요구하는 것은 무모하다. '시적 아우라'를 요구하는 순간

갑갑증을 느낄 수도 있다. 문제는 공간 구조다. 나는 패배 앞에서 자족적인 인물 군상들을 가정해보았다가는 곧장 지운다. 대관절, 패배 앞에서 자족적인 주체가 있을 수 있을까? 자문을 거듭해도 답이 나오지 않았기 때문이다. 대신 무한하게 거대한 공간 안에 부려진 주체들의 싸움을 그려본다. 공간이 무한할 때, 투쟁 영역은 무한으로 확장된다. 새로운 공간을 점유하고 나누고 매립하는 것은 정치적인 문제다. 그가 사회적 발언을 하려 한다는 것은 공간을 둘러싼 정치적 투쟁을 시적으로 보여주려는 것에 다름 아닐 테다. 아무리 작고 사소해 보일지라도, 공간을 점유하는 세력은 정치적인 세력이다. 그는 이미 보잘것없는 것이 되어버린 지표면의 대지에서부터 상상을 초월하는 무한한 영역을 시 속에 제공한다. 미시 영역에서 무한 영역에 이르며, 그의 주체는 '우주 빨치산'(이 표현은 칼 슈미트, 김효전 옮김, 『파르티잔』, 문학과지성사, 133쪽에서 빌려왔다)으로 거듭난다. 핵심 모티브 가운데 하나인 "방독면"을 예로 들어보자. 「불가사리 二—1945년 8월의 빨간 버튼」에서 "나"가 "좀"을 기억해내는 과정은 "방독면"을 시의 중심으로 불러들이는 양상을 꽤나 구체적으로 보여준다. 그 양상들을 추출해서 분류하면 이렇다.

1. "그때 방독면을 홀로 쓰고 있던 너의 이상한 얼굴을 기억해."—고립 또는 입사제의의 모티브: "훼훼훼 나만 홀로 자물쇠 같은 방독면 안에서 안전했네/ 방독면에 철컥, 잠긴 얼굴은 그 누구도 알아챌 수 없었네/ 그 어둠 안에서 벽으로 드나드는 남자 같은/ 공기를 나만 홀로 들이마셨네"(「괴뢰희(傀儡戲)」) "최후의 괴물은 G구역 노란 물탱크 속에 숨어 살던,// 한 아이의 공상 속에서 태어났다."(「불가사리 三—제국에서 보낸 한 철(鐵)」)

2. "방독면을 반쯤 벗겼을 때, 그 틈 사이로 뭉게뭉게 빠져나오던 하얀 연기와 바람 빠진 풍선처럼 휘파람 소리를 내던 너의 입술을 기억해."—죽음 또는 절멸의 내부: "죽은 소년이 얼굴을 감싸 쥐고/ 기어이 울음을 터뜨릴 것 같은/ 푸르스름하고 창백한 빛." (「존재의 세 가지 거짓군(群)」), "그 철의 자궁 속에서 눈을 뜰 때면 나는 둥그런 해치 뚜껑을 열고 삐걱삐걱 밖으로 걸어나오는 것이다./ 거리는 분주했다."(「불가사리 三—제국에서 보낸 한 철(鐵)」)

3. "좀, 우리는 방독면 같은 방공호 안에서, 네가 끓인 따뜻한 우유를 마셨지."—세계 내부의 통칭: "그의 철근콘크리트 지하방

은 습하고 어두운 철가면 같았다 철가면은 심해 속으로 가라앉는 자물쇠처럼 무거웠다 강철 수면 위로 드러난 그의 얼굴은 점점 철가면을 닮아갔다"(「철가면」), "그가 맨홀 속에서 몇 해를 살았는지 알 수 없다 그가 지하배관 속에서 붉은눈쥐를 잡아먹으며 생존했는지 방진마스크를 썼는지"(「무지갯빛 광석rainbow stone」)

4. "좀, 너는 그 어두운 방독면 안에서 그것들을 생산하며 너만의 총력전을 치르고 있었다는 걸 기억해."—세계의 끝과 대면하는 싸움터: "방독면을 쓴 채// 터널 끝 형상기억합금과 조우하던 순간// 서대한 시계 앞에// 원인은 알몸으로 우뚝 서 있었다"(「형상기억합금(形狀記憶合金)」), "나는 붉은 철판 하늘 아래를 걷는다./ 나로부터 먼 곳에서."(「불가사리 三—제국에서 보낸 한 철(鐵), 반인반수(伴人半獸)」)

5. "방독면이 없는 사람들이 모두 죽은 후 우리만의 세계를 건축하자. 좀, 너의 아름다운 놀이동산처럼."—목숨을 지켜주는 모든 기제: "공기가 차가워지면,/ 우리는 동물 마스크 옷을 입고 다녔다./ 양 머리, 소 머리, 염소 머리를 뒤집어쓴 채 걸어다녔다."(「존재의 세 가지 거짓군(群)」)

전술 2 — 물질주의(matterism)

동물의 뒷다리 같은 좌변기 위에 당신은 앉아 있다 좌변기 위에 앉은, 당신의 목이 길어진다 당신은 화장실 창문 밖을 굽어본다 아프리카 평원 위의 나무 한 그루, (……) 아프리카는 옷장 속에도 있다 물먹는 하마도 있다 영양 같은 발목으로 뛰어다니는 아프리카 소년병들, 야생동물의 살점처럼 질긴 내전(內戰), 나프탈렌처럼 사라지는 부족들, 평원 위를 달리던 아프리카 소년병들은 발목을 움켜쥔 채 물처럼 엎질러진다 태양은 증발시킨다

　　—「세계화장실협회(世界化粧室協會)—검은 테이프 속의 목소리」 부분

이 시에서 상상력의 전개, 연상의 이동은 유쾌하고도 치밀하다. 날것의 힘마저 느껴진다.

그는 '물질주의' 전술을 펼친다.

'물질주의'와 비교할 수 있는 용어는 '콜라주'다. 입체파에서 시작된 콜라주는 20세기 아방가르드 조류의 주요한 방법으로 자리매김한다. 입체파의 경우, 콜라주된 이미지가 본래의 기호 기능을 가지면서 그림의 일부로 기능하는 이중 기능을 부여하는 데 목적을 두었다. 미래주의는 콜라주에 기계문명을 찬양하고 역동성을 제고하려는 이념적인 목적을 집어넣었다. 다다이스트들의 콜라주는 윤리의 파괴와 무정부주의적인 사상의 고취를 목적으로 했고, 초현실주의자들은 사물의 이질적이고 폭력적인 결합을 통해 인식에 충격을 가하는 것을 콜라주의 목적으로 삼았다. 어느 경우든 콜라주는 작가의 시각을 강조한다. 이때 잘라 붙인 이미지와 작품의 유기적인 구조 결합이 관건이다. 물질주의는 물질 자체가 불러일으키는 복잡 미묘한 힘을 이용하는 '회화' 양식이다. 비—존재의 존재를 화폭에 불러들이는 반—예술의 예술. 예컨대, 물감을 두껍게 지층처럼 칠한 다음 그 사이에 모래, 조개껍데기, 쇳조각, 줄, 나무 조각, 돌덩이를 끼워넣는 것이다. 이때 화폭에 놓인 물질들 그 매재 자체가 뿜어내는 표현적인 힘이 화폭 너머로 전달된다. 이것을 회화라고 해야 할 것인가, 조각이라고 해야 할 것인가? 회화다. 물질주의를 통해 부정되는 것은 예술가의 주관적인 내면세계다. 물질주의는 비—예술을 강조하고 실제를 실제 그 자체로 데리고 오는 방식으로 표현의 새로운 경지에 다가선다.

누군가 그에게 물을 것이다. 이것은 서사인가? 서정인가? 그가 쓰는 것은 애당초 시다. 그는 낱낱의 모티프들이 뿜어내는 표현적인 힘을 전략적인 배치를 통해 드러내려 한다. 때문에 '시적 대상'을 '오브제'로 선취하는 작업은 그에게 별 의미가 되지 못한다. 그의 전술은 오히려 더욱 치밀하다. 선취한 '시적인 것'이 오브제가 되기 전에, 그 배후로 치밀하게 육박해들어간 후에야, 그의 믿음이 스민 '주체'를 오롯이 쓸 수 있기 때문. 그러한 "어떤 날은 잠시 눈을 감고 미확인 인간을 생각"(「불가사리 三—제국에서 보낸 한 철(鐵)」)하며 궁극의 전략에 골몰하는 그를 상상할 수 있다. 그의 상상력이 전진하면 전진할수록 그의 전술이 담보하는 "그 사나이의 운동에너지는 위험"(「설국열차(雪國列車)」)하게 증가한다.

전술 3 — 전술의 궁극은 전략의 폐기다

직립의 비둘기야, 심지 같은 검은 부리를 품에 그으며 타오르리라

시월의 밤 세계불꽃축제 나는 무수히 많은 구둣발에 밟혀 린치를 당했고

189

입술이 터져 피가 펑펑 터졌고 몰래 손목에 성냥을 긋는 법을 배웠다

나의 전쟁이 불꽃축제가 될 수 있을까, 라고 구구구 물었고

왜 눈물은 물갈퀴 달린 축축한 양서류같이

검은 물가로 사람들을 스며들게 만들까 생각했다

—「시월의 밤, 세계불꽃축체」 부분

1813년 프로이센 왕국은 나폴레옹에 대한 적대 선언을 천명한다. 1813년 4월, 왕이 국민군을 소집하기 위한 칙령을 발표하기에 이른다. 칙령의 골자는 바로 "모든 국민은 침입하는 적에 대해 모든 종류의 무기를 사용해서 저항할 의무가 있다"는 것이었다. 칙령의 43조는 구체적인 무기까지 명기하고 있다. 도끼, 갈퀴, 낫, 엽총 등이 바로 그것이다. 적이 존재하는 한 수단과 방법을 가리지 않는 저항해야만 할 의무를 국민에게 강제한 것이다.(칼 슈미트, 김효전 옮김, 『파르티잔』, 문학과지성사, 74쪽) 극단적으로 말해 적이 평화와 질서를 요구한다면, 무질서와 혼란을 택해 적에게 저항하며 보복을 가해야 한다는 것이다. 적은 큰 힘을 가진 국가 집단이고, 내가 속한 집단은 힘을 잃고 결속력을 잃었을 때 남는 것은 전술이다. 비정규 집단이 싸우는 전술에서 거창한 목표와 진로는 거추장스러울 뿐이다. 역학 관계의 향방이나 정세의 변화를 고려하는 총체적인 시각은 당분간은 짐이 될 수밖에 없다. 구체적이고 탄력적인 전술이 필요하다. 종국에는 전술의 진정성이 피아(彼我)를 구분하고 정의와 불의를 구분하는 척도가 될 것이다. 유토피아를 꿈꾸는 모든 전략이 목표로 하는 최종 심급은, 역사를 통틀어서 어떤 알 수 없는 목표의 '신현(神顯)'에 있는 것은 아닐까? 그런 목표라면 차라리 폐기되는 것이 낫지 않을까? 소규모, 비정규 투쟁은 전략의 진정성이 아니라 전술의 진정성에 기댄다. 시집을 통틀어 그가 만든 주체들에게서 뜨거운 열정을 읽는 이유는 바로 여기에 있다.

그는 스스로 재래식무기가 된 사나이다

그는 철과 화약을 먹고 회귀하는 사나이다

그는 외부의 충격에 분노하는 사나이다

그가 군사분계선을 넘어서자,

그곳엔 콘크리트의 대지가 무한궤도처럼 영원히 펼쳐져 있었고

밤하늘의 별빛은 가시철조망처럼 숭고했다

비로소
빵과 우유가 그려진 정물화처럼
사나이는 노동을 멈췄고,
—「스스로 재래식무기(在來式武器)가 된 사나이—불발탄의 뇌(腦)관은 '빵과 유유'를 생각한다」 부분

　빵과 광석과 무기, 그리고 그것을 매개하는 신성한 노동의 힘으로 전술은 전진한다. 그는 빵과 무기를 있게 하는 에너지를 추적한다. 그는 그 원천이 되는 광석에 대해 사유한다. 광석이 에너지원으로 자리하는 공간은 어디인가? 그곳이 어디든 그 공간에서 "그 숭고한 돌은 최후의 한 소년을 세계 밖으로 노출시킨다."(「우라늄의 시(詩)」) 무기를 들 수도 있고, 곡괭이를 들 수도 있는 성년 직전의 소년을 그려보자. 그 소년을 세계 밖으로 노출시키기 위해서, "숭고한 돌"은 어떤 차원으로서의 공간이, 동굴처럼 자신의 어둠 안에 똬리 튼 곳에 자리한다. 그곳은 시간이 모래처럼 쌓여 굳은 공간이다. 시간과 공간이 시공간 복합체 자체에 갇힌 곳이다. 공간이 무한히 팽창되고, 시간이 왜곡되는 그곳에 "우라늄"이, "숭고한 돌"이, "광석"이 있다. 그는 블랙홀에 빨려들어가기 직전의 공간을 상정한다. 그리고 거기에 놓인 한 점으로서의 행성, 점, 돌을 말하고 있는 것만 같다. 접근이 불가능할 그곳에까지 가서 신성한 노동으로 얻은 무기와 빵은 어떻게 존재할까? 빵과 무기 앞에서 "그는 백 년을 생각하는 사람이며 그는 한 세기를 넘게 생각했다." 때문에 "그 빵은 백 년 동안 생각 속에서 구워지고 있었다." 그의 숭고한 곡괭이, 또 "우리들의 숭고한 곡괭이가 생각 속에서 녹슬고"(「백 년 후—생각하

는 빵」) 있다. 요는 살아 숨 쉬는 전술이 문제다. 녹슨 정물화 속의 전략은 폐기된다. "붉고 거대한 오함마가, 지상으로 침몰"(「설국열차(雪國列車)」) 하는 역동적인 공간 속에서의 전술. 그리고 전술을 기능하게 하는 서릿발 같은 정신은 "기름방울 같은 검은 눈동자 속에서/ 번쩍, 타오르던 저 소년의 불꽃!"(「다이너마이트의 미학─우스꽝스러운 춤 1」)으로 언제나 살아 있다.

전술 4 ─ 인류형제애(Brotherhood of Man)로 쓰는 멋진 신세계(Brave New World)?!

우리는 지독한 몽유병을 앓고 있어 너는 잠들었고 나는 꿈을 꾸었지 우리가 오래전 잃어버린 다리들 그것은 뱀 같은 꿈이라네 밤마다 우리의 두 다리는 어디로 달아나는 것일까? 알파야, 비밀 이야기 하나 해줄까 너는 이미 죽어버렸네 알파야, 나는 죽은 너를 업고 다녔어 꼽추 같은 삶이었지 알파야, 너의 무덤만은 내 등 위에 아직 살아 숨 쉬고 있다네 알파가 물었다 오메가야, 우리의 영혼은 하나인가 둘인가

　─「알파와 오메가─죄와 벌」 부분

그의 표정을 살피면 어쩐지 만면에 미소를 머금은 몇 개의 속내를 얼비치기도 하는 것인데. 어쩐지 그는 조금은 외로운 사람일 거라는 생각. 지구를 위해서 당신은 무엇을 할 수 있나요? 내가 물으면 그는 이렇게 대답하는 것이다.
"그럴 때면 나는 나로부터 먼 곳의 어떤 생명체를 상상하곤 한다."(「불가사리 三─제국에서 보낸 한 철(鐵), 반인반수(伴人伴獸)」)

블랙코미디

글을 쓰기 전에 그를 만났다. 나는 물었다.
시를 쓸 때 가장 주의 깊게 생각하는 것은 무엇인가?

"시를 쓸 때 저는 두 사람을 염두에 둡니다. 여자친구와 김정일 국방위원장씨."

그는 무시로 수준 높은 블랙코미디의 '수사학 전술'을 구사한다.

조인호 원정기 — 필패(必敗)를 가장하는 승리의 기록

그는 21세기 소년 아방가르드인가?

아방가르드들은 존재를 부정적으로 증명하는 '부정적 재현'을 전략으로 택한다. 즉 '재현될 수 없는 것의 재현'이라는 역설적인 방법을 이용한다.(장프랑수아 리오따르, 이현복 편역, 『지식인의 종언』, 문예출판사, 34~35쪽) 이것이 아방가르드의 전술—전략이라면, 그 역시 '부정적 현시'를 재현의 방법으로 원용한다고 말할 수 있다. 그는 21세기 소년 아방가르드다. 그는 "의미가 있으면 기능이 있는 것이다"라는 명제 하나가 지배해온 20세기, 그 필패(必敗)의 역사를 뒤집어서 자신의 시적 존재태를 묻는다. 서정 장르가 시적 선험의 가능성을 물을 때, 그는 시적 사실의 필연성을 제시한다. 그는 밀도 높은 서정이 다른 방식으로 선취될 수도 있음을 시사한다.

그는 21세기 소년 아방가르드인가?

모든 원정기는 필패의 기록이다. 그가 필패를 가장하는 원정기를 쓰려고 마음을 먹는 순간, 이미 강철로 만들어진 그의 가슴은 굳게 단련되었다. 그는 21세기 소년 아방가르드다. 누군가 나서서 그를 두들기는 일만 남았다. 아마도 우리 함께. 두들기는 순간 승리는 다른 방식으로 기록될 것이다. 어쩌면 그가 이미, 홀로, 앞서서 스스로를 기록하기 시작한 것인지도 모른다.

조인호 1981년 충남 논산에서 태어났다. 2006년 『문학동네』를 통해 등단했다. 현재 '21세기전망' 동인이다.

문학동네시인선 005
방독면
ⓒ 조인호 2011

초판 인쇄 2011년 06월 10일
초판 발행 2011년 06월 20일

지은이 | 조인호
펴낸이 | 강병선
책임편집 | 김민정
편집 | 정세랑
디자인 | 수류산방(樹流山房)
본문 디자인 | 유현아
마케팅 | 신정민 서유경 정소영 강병주
온라인 마케팅 | 이상혁 한민아 장선아
제작 | 안정숙 서동관 김애진
제작처 | 영신사(인쇄) 용산PUR(제본)

펴낸곳 | (주)문학동네
출판등록 | 1993년 10월 22일 제406-2003-000045호
주소 | 413-756 경기도 파주시 교하읍 문발리 파주출판도시 513-8
전자우편 | editor@munhak.com
대표전화 | 031) 955-8888
팩스 | 031) 955-8855
문의전화 | 031) 955-8890(마케팅), 031) 955-2656(편집)
문학동네카페 | http://cafe.naver.com/mhdn

ISBN 978-89-546-1505-1 03810
값 | 11,000원

* 이 도서의 국립중앙도서관 출판시도서목록(CIP)은 e-CIP 홈페이지(http://www.nl.go.kr/ecip)에서 이용하실 수 있습니다. (CIP 제어번호 : CIP2011002359)
* 이 시집은 2009년 대산창작기금을 수혜하였습니다.
www.munhak.com
문학동네